R. L. Stine

Gänsehaut™

Doppelschocker 10

OMNIBUS

DER AUTOR

R. L. Stine wurde 1943 in einem kleinen Vorort von Columbus/Ohio geboren. Bereits mit neun Jahren entdeckte er seine Liebe zum Schreiben. Seit 1965 lebt er in New York City, wo er zunächst als Lektor tätig wurde. Seine ersten Bücher waren im Bereich Humor angesiedelt. Seit 1986 hat sich R. L. Stine, der sein Büro mit einem Skelett und einigen afrikanischen Masken teilt, jedoch ganz den Gruselgeschichten verschrieben. 1992 kam für ihn mit der Kindergruselserie »Gänsehaut« der ganz große und weltweite Erfolg.

DIE SERIE

»Gänsehaut« ist Kult! Bisher in 16 Sprachen übersetzt, wird »Gänsehaut« (GOOSEBUMPS) weltweit als beliebteste Kinderbuchserie gefeiert. Die Zeitung *USA Today* hat 1999 ermittelt, dass R. L. Stine der erfolgreichste Kinderbuchautor aller Zeiten ist. Wie lässt sich dieser außergewöhnliche Erfolg erklären? Ganz einfach: R. L. Stine erzählt nicht nur gruselige Geschichten, sondern bringt seine Leser auch zum Lachen. Mit dieser besonderen Mischung hat er erreicht, dass – dies belegen zahlreiche Briefe an den Autor – viele Kinder, die sich bis dato nicht sonderlich für Bücher interessiert haben, zu Lesern geworden sind.

R. L. Stine

Gänsehaut™

Doppelschocker 10

Die Rache der Gartenzwerge

Der Geisterhund

Aus dem Amerikanischen
von Günter W. Kienitz

OMNIBUS

Band 21352

Der Taschenbuchverlag für Kinder
Verlagsgruppe Random House

Siehe Anzeigenteil am Ende des Buches
für eine Aufstellung der bei OMNIBUS
erschienenen Titel.

Umwelthinweis:
Alle bedruckten Materialien dieses Taschenbuches sind chlorfrei und umweltschonend.

1. Auflage August 2004
Gesetzt nach den Regeln der deutschen Rechtschreibung
Die Originalausgaben erschienen unter den Titeln
»Goosebumps # 34: Revenge of the Lawn Gnomes« und
»Goosebumps # 32: The Barking Ghost«
bei Scholastic Inc., New York

Die deutschsprachigen Erstausgaben erscheinen in der Serie
»Gänsehaut« unter den Titeln »Die Rache der Gartenzwerge«
und »Der Geisterhund«.

Dieses Werk wurde vermittelt durch die
Literarische Agentur Thomas Schlück GmbH, Garbsen.
Übersetzung: Günter W. Kienitz
Lektorat: Janka Panskus
Umschlagkonzeption: Atelier Langenfass, Ismaning
at · Herstellung: ReD
Satz: Uhl + Massopust, Aalen
Druck: Clausen & Bosse, Leck
ISBN 3-570-21352-8
Printed in Germany

www.omnibus-verlag.de

Inhalt

Die Rache der Gartenzwerge

1

Klack, klack, klack.

Der Tischtennisball hüpfte über den Kellerboden. »Ja!«, rief ich triumphierend, während Mindy hinter dem Ball herjagte.

Es war ein heißer, schwüler Juninachmittag. Ein Montag. Der erste Tag der Sommerferien. Und Joe Burton hatte gerade mal wieder einen ausgezeichneten Schmetterball geschlagen.

Joe Burton, das bin ich. Ich bin zwölf. Und es gibt nichts, was ich lieber tue, als meiner älteren Schwester einen Ball zu servieren, dem sie hinterherlaufen muss.

Ich bin kein unfairer Spieler. Ich zeige Mindy nur ganz gerne, dass sie nicht der tolle Crack ist, für den sie sich hält.

Wahrscheinlich hast du schon erraten, dass Mindy und ich nicht immer einer Meinung sind. Tatsache ist, dass ich mit niemandem aus meiner Familie allzu viel gemeinsam habe.

Mindy, Mom und Dad sind blond, dünn und groß. Ich habe braunes Haar, bin ein bisschen pummelig und klein. Mom sagt, dass mein Wachstumsschub noch nicht stattgefunden hat.

Deshalb bin ich ein Knirps. Ich kann kaum über das Tischtennisnetz hinwegsehen. Aber trotzdem gewinne ich gegen Mindy, selbst wenn man mir eine Hand auf den Rücken binden würde.

Sosehr ich es liebe zu gewinnen, sosehr hasst Mindy es zu verlieren. Und sie spielt überhaupt nicht fair. Jedes Mal, wenn ich ihr einen richtig guten Ball serviere, behauptet sie, dass er nicht zählt.

»Joe, den Ball über das Netz zu *kicken* ist nicht erlaubt«, nörgelte sie, während sie den Ball unter der Couch hervorfischte.

»Jetzt aber mal halblang!«, rief ich. »Alle Tischtennis-Champions tun das. Man nennt das den Fußballschlag.«

Mindy rollte mit ihren großen grünen Augen. »Joe, bitte!«, maulte sie. »Ich bin mit dem Aufschlag dran.«

Mindy ist seltsam. Wahrscheinlich ist sie die schrulligste Vierzehnjährige in der ganzen Stadt.

Wieso? Das werde ich dir sagen.

Nimm nur mal ihr Zimmer. Mindy ordnet all ihre Bücher in alphabetischer Reihenfolge – nach den Namen der Autoren. Kannst du dir das vorstellen?

Und sie legt für jedes Buch eine eigene Karteikarte an. Die legt sie dann in der obersten Schublade ihres Schreibtisches ab.

Wenn sie könnte, würde sie ihre Bücher glatt oben abschneiden, damit sie alle dieselbe Größe hätten!

Der Inhalt ihrer Schränke ist nach Farben sortiert. Zuerst kommen alle roten Sachen. Dann die orangen. Dann die gelben. Danach kommen die grünen, die blauen und die violetten. Sie hängt ihre Klamotten in der Farbfolge eines Regenbogens in den Schrank.

Und beim Abendessen isst sie ihren Teller im Uhrzeigersinn leer. Wirklich! Ich habe sie dabei beobachtet. Zuerst den Kartoffelbrei. Dann alle Erbsen. Und dann das Fleisch. Und wenn sie auch nur eine Erbse in ihrem Kartoffelbrei entdeckt, dreht sie völlig durch!

Seltsam. Wirklich seltsam.

Ich? Ich bin kein Ordnungsfreak. Ich bin cool. Ich bin nicht so ernst wie meine Schwester. Ich kann sogar ziemlich witzig sein. Meine Freunde finden mich zum Schießen komisch. Jeder findet das. Außer Mindy.

»Komm schon, schlag auf«, rief ich. »Bevor das Jahrhundert zu Ende geht.«

Mindy stellte sich an ihr Tischende und bereitete ihren Aufschlag sorgfältig vor. Sie steht dazu jedes Mal an der exakt gleichen Stelle, die Füße im selben Abstand. Ihre Fußabdrücke sind bereits im Teppich eingegraben.

»Zehn-acht und Aufschlag«, rief Mindy schließlich aus. Sie sagt vor ihrem Aufschlag immer den Spielstand an. Dann holte sie mit dem Arm aus.

Ich hielt den Schläger wie ein Mikrofon vor den Mund. »Sie holt aus«, verkündete ich. »Das Publikum schweigt gebannt. Prickelnde Spannung liegt in der Luft.«

»Joe, hör auf dich wie ein Idiot aufzuführen«, schnauzte sie mich an. »Ich muss mich konzentrieren.«

Ich spiele gerne den Sportreporter. Damit mache ich Mindy völlig verrückt.

Mindy holte noch einmal aus, warf den Tischtennisball hoch in die Luft und...

»Eine Spinne!«, schrie ich. »Auf deiner Schulter!«

»Iiii!« Mindy ließ den Schläger fallen und klatschte sich wie wild auf die Schulter. Der Ball hüpfte klackernd über die Tischplatte.

»Reingelegt!«, rief ich. »Ein Punkt für mich.«

»Von wegen!«, schrie Mindy wütend. »Du schummelst, Joe.« Sie strich sich sorgfältig die Schultern ihres rosafarbenen T-Shirts glatt. Erst dann nahm sie den Ball und schmetterte ihn über die Platte.

»Wenigstens schummle ich auf 'ne *witzige* Art!«, erwiderte ich. Gekonnt drehte ich mich einmal um die eigene Achse, bevor ich den Ball zurückschlug. Er kam einmal auf meiner Seite auf und flog dann über das Netz.

»Foul«, verkündete Mindy. »Du foulst andauernd.«

Ich wedelte ihr mit meinem Schläger entgegen. »Mach dir mal bloß nicht ins Hemd«, sagte ich. »Es ist doch nur ein Spiel. Es soll Spaß machen.«

»Ich werde dich schlagen«, antwortete Mindy. »Das macht Spaß!«

Ich zuckte die Achseln. »Wen juckt's. Gewinnen ist nicht alles.«

»Wo hast du das denn gelesen?«, fragte sie. »In einem Kaugummi-Comic?« Dann rollte sie mal wieder mit den Augen. Eines Tages werden ihr die Augen noch aus dem Kopf rollen!

Ich rollte ebenfalls die Augen – so weit nach hinten, dass nur noch das Weiße zu sehen war. »Netter Trick, was?«

»Putzig, Joe«, sagte Mindy genervt. »Echt putzig. Pass bloß auf. Eines Tages lassen sich deine Augen nicht mehr zurückrollen – was eine echte Verbesserung wäre!«

»Schwacher Witz«, erwiderte ich. »Ziemlich schwach.«

Mindy stellte ihre Füße wieder sorgfältig in Position.

»Sie hat ihre Aufschlaghaltung eingenommen«, sprach ich in meinen Schläger. »Sie ist nervös. Sie ist …«

»Joe!«, jammerte Mindy. »Hör endlich auf damit!«

Sie warf den Tischtennisball in die Luft, schwang den Schläger und …

»Das ist ja ekelhaft!«, schrie ich. »Was ist das denn für ein dicker grüner Klumpen, der dir aus der Nase hängt?«

Diesmal ließ sich Mindy nicht beirren und schlug den Ball übers Netz.

Ich sprang los und erwischte ihn gerade noch mit der Spitze des Schlägers. Der Ball flog in hohem Bogen übers Netz und landete in der Ecke des Kellerraums, zwischen der Waschmaschine und dem Trockner.

Mindy lief dem Ball auf ihren langen dünnen Beinen nach. »He, wo ist Buster?«, rief sie. »Hat er nicht eben noch neben dem Trockner geschlafen?«

Buster ist unser Hund. Ein riesiger schwarzer Rottweiler, dessen Kopf so groß ist wie ein Basketball. Er döst gerne auf einem alten Schlafsack in der Kellerecke, vor allem, wenn wir unten sind und Tischtennis spielen.

Vor Buster hat jeder Angst – ungefähr drei Sekunden lang. Denn dann fängt er an, einen mit seiner langen Zunge abzuschlecken. Oder er rollt sich auf den Rücken und bettelt darum, dass man ihm den Bauch krault.

»Wo steckt er, Joe?« Mindy biss sich auf die Lippe.

»Er treibt sich bestimmt hier irgendwo herum«, antwortete ich. »Wieso machst du dir um Buster ständig Sorgen? Er wiegt über hundert Pfund. Er kann gut auf sich selbst aufpassen.«

Mindy runzelte die Stirn. »Nicht, wenn Mr McCall ihn erwischt. Erinnerst du dich nicht mehr, was er letztes Mal gesagt hat, als sich Buster über seine Tomatenstauden hergemacht hat?«

Mr McCall ist unser Nachbar vom Haus nebenan. Buster liebt den Garten der McCalls. Er liebt es, unter ihrer großen, schattigen Ulme ein Nickerchen zu halten. Er liebt es auch, überall in ihren Rasen kleine Löcher zu graben. Und ab und zu auch große Löcher.

Und er liebt es, in ihrem Gemüsegarten zu futtern.

Letztes Jahr buddelte Buster sämtliche Salatköpfe von Mr McCall aus und verputzte zum Nachtisch seine größte Zucchinipflanze.

Ich schätze, das ist der Grund, warum Mr McCall Buster hasst. Er drohte, er werde Buster zu Dünger verarbeiten, wenn er ihn das nächste Mal in seinem Garten erwischt.

Mein Dad und Mr McCall sind die besten Hobbygärtner der Stadt. Sie sind verrückt, wenn es ums Gärtnern geht. Total verrückt.

Ich finde, es macht irgendwie Spaß, im Garten zu arbeiten. Aber behalte das bitte für dich. Meine Freunde sind nämlich der Ansicht, Gartenarbeit wäre nur etwas für Idioten.

Dad und Mr McCall wetteifern jedes Mal bei der jährlichen Gartenschau miteinander. Mr McCall belegt meistens den ersten Platz, aber im letzten Jahr gewannen Dad und ich das blaue Band für unsere Tomaten.

Das machte Mr McCall stinksauer. Als er hörte, wie Dads Name angesagt wurde, färbte sich Mr McCalls Gesicht so rot wie unsere Tomaten.

Deshalb will Mr McCall in diesem Jahr unbedingt gewinnen. Schon vor Monaten hat er sich einen Vorrat an Düngemittel und Ungeziefervernichtungssprays zugelegt. Und er pflanzte etwas an, das niemand sonst in North Bay im Garten hat: seltsame orange-grüne Melonen, die Kassabas genannt werden. Das sind Wintermelonen.

Dad meint, damit hat Mr McCall einen Riesenfehler gemacht. Er sagt, die Melonen werden nie und nimmer größer als Tennisbälle. Die Jahreszeit, in der die Pflanzen wachsen, ist in Minnesota einfach viel zu kurz.

»McCalls Garten wird verlieren«, verkündete ich. »Unsere Tomaten werden auch dieses Jahr wieder gewinnen. Denn dank meiner Spezialerde werden sie so groß wie Wasserbälle werden!«

»So wie dein Kopf«, entgegnete Mindy.

Ich schnitt eine Grimasse, indem ich ihr die Zunge herausstreckte und schielte. Das schien mir die passende Erwiderung zu sein.

»Wer ist mit dem Aufschlag dran?«, fragte ich. Mindy brauchte so lange, dass ich den Überblick verloren hatte.

»Es ist immer noch mein Aufschlag«, antwortete sie, während sie sorgfältig ihre Füße in Position stellte.

Da wurden wir von Schritten unterbrochen. Von schweren, dröhnenden Schritten, die hinter Mindy die Treppe herunterkamen.

»Wer ist das?«, rief Mindy.

In dem Moment tauchte er hinter ihr auf. Mir traten förmlich die Augen aus dem Kopf.

»O nein!«, schrie ich. »Es ist… McCall!«

2

»Joe!«, donnerte er. Der Boden bebte, als er auf Mindy zustampfte.

Alle Farbe wich aus Mindys Gesicht. Sie umklammerte ihren Schläger so fest, dass sich ihre Knöchel weiß färbten. Sie wollte sich umdrehen, um hinter sich zu schauen, aber sie brachte es nicht fertig. Ihre Füße waren in ihren Tischtennis-Fußabdrücken wie festgefroren.

McCall ballte seine Hände zu gewaltigen Fäusten und sah sehr, sehr wütend aus.

»Jetzt bist du dran! Diesmal gewinne ich. Wirf mir 'nen Schläger rüber.«

»Du Idiot!«, fauchte Mindy. »I-ich habe gleich gewusst, dass es nicht *Mr* McCall ist, sondern Mike.«

Mike ist Mr McCalls Sohn und mein bester Freund. Eigentlich heißt er Michael, aber alle nennen ihn Mike. Sogar seine Eltern.

Mike ist der größte Junge in der sechsten Klasse. Und

der starkste. Seine Beine sind so dick wie Baumstämme. Und sein Hals ebenfalls. Und er ist sehr, sehr laut. Genau wie sein Dad.

Mindy kann Mike nicht ausstehen. Sie sagt, er wäre ein widerlicher und unappetitlicher Kerl.

Ich finde ihn cool.

»Also, Joe!«, grölte Mike. »Wo bleibt mein Schläger?« Seine Armmuskeln wölbten sich, als er die Hand ausstreckte, um sich meinen Schläger zu schnappen.

Ich zog schnell die Hand zurück, doch er schlug mir mit seiner fleischigen Hand so kräftig auf die Schulter, dass mir beinahe der Kopf abfiel.

»Au!«, jaulte ich.

Mike stieß ein brummiges Lachen aus, das die Kellerwände erzittern ließ. Er beendete es mit einem Rülpser.

»Mike, du bist widerlich«, stöhnte Mindy.

Mike kratzte sich am Kopf, den kurz geschnittenes braunes Haar bedeckte. »Mann, danke, Mindy.«

»Danke wofür?«, wollte sie wissen.

»Dafür.« Er streckte schnell den Arm aus und schnappte sich ihren Schläger. Dann schwang er Mindys Schläger wild durch die Luft und verfehlte die Hängelampe nur um zwei, drei Zentimeter. »Bist du bereit für ein richtiges Spiel, Joe?«

Ohne eine Antwort abzuwarten, warf er den Ball in die Luft und holte mit seinem kräftigen Arm aus.

Wamm! Der Ball zischte quer durch den Raum, prallte von zwei Wänden ab und flog dann über das Netz auf mich zu.

»Foul!«, schrie Mindy. »Das ist nicht erlaubt.«

»Cool!«, rief ich. Ich hechtete nach dem Ball, verfehlte ihn aber. Mike hat wirklich einen umwerfenden Aufschlag drauf.

Mike schlug den Ball erneut auf. Diesmal sauste er direkt über das Netz und knallte mir vor die Brust.

Zack!

»He!«, schrie ich und rieb mir die schmerzende Stelle.

»Guter Schuss, wie?« Er grinste.

»Ja, aber du solltest eigentlich den Tisch treffen«, erklärte ich ihm.

Mike stieß seine feisten Fäuste in die Luft. »Super-Mike!«, grölte er. »Stark wie ein Superheld!«

Mein Freund Mike ist ein ganz schön wilder Bursche. Mindy findet, er ist wie ein Tier. Ich denke, er ist einfach nur ziemlich begeisterungsfähig.

Ich machte meinen Aufschlag, während er noch mit den Armen herumfuchtelte.

»He! Das ist nicht fair!«, rief er. Er schoss auf den Tisch zu und knallte den Schläger auf den Ball – und plättete den Ball zu einem kleinen weißen Pfannkuchen.

Ich stöhnte. »Das ist der fünfzehnte Ball in diesem Monat«, stellte ich fest.

Ich packte den kleinen Pfannkuchen und warf ihn in einen Karton, der auf dem Boden stand. Der Karton war bereits randvoll mit dutzenden von platt gemachten Tischtennisbällen.

»He! Ich glaube, du hast gerade deinen Rekord übertroffen!«, verkündete ich.

»Super!«, rief Mike begeistert. Er sprang auf die Tischtennisplatte, hüpfte dort auf und ab und brüllte: »Super-Mike!«

»Hör auf damit, du Dämlack!«, brüllte Mindy. »Du machst sonst noch den Tisch kaputt.« Sie bedeckte ihr Gesicht mit den Händen.

»Super-Mike! Super-Mike!«, sang er.

Die Tischtennisplatte schwankte und bog sich unter Mikes Gewicht gefährlich durch. Der Junge ging mir allmählich auf die Nerven. »Mike, geh runter! Geh da runter!«, heulte ich.

»Wer kann mich dazu zwingen?«, wollte er wissen.

Da hörten wir alle ein lautes, scharfes *Knack*.

»Er bricht auseinander!«, kreischte Mindy. »Geh runter, Mike!«

Mit einem Satz sprang Mike vom Tisch herunter. Er streckte die Arme steif nach vorne aus, wie das Zombiemonster, das wir vor kurzem in *Mörder-Zombie vom Planeten Zero* im Fernsehen gesehen hatten, und stakste auf mich zu. »Jetzt werde ich dich zerstören!«

Dann stürzte er sich auf mich.

Ich taumelte rückwärts, als er gegen mich prallte, und landete auf dem staubigen Zementboden.

Sofort schwang sich Mike auf meinen Bauch und hielt mich eisern am Boden fest. »Sag: ›Mikes Tomaten sind die besten!‹«, verlangte er von mir. Er hopste auf meiner Brust auf und ab.

»Mi… Mikes«, keuchte ich. »Tomat… ich… kriege… keine… Luft… echt… Hilfe!«

»Sag es!«, meinte Mike hartnäckig. Er legte mir seine kräftigen Hände um den Hals und drückte zu.

»Argggggh«, würgte ich. Ich bekam keine Luft mehr und konnte mich nicht bewegen.

Mein Kopf rollte zur Seite.

»Mike!«, hörte ich Mindy kreischen. »Lass ihn los! Lass ihn sofort los! Was hast du mit ihm gemacht?«

3

»M-Miiindy«, ächzte ich.

Mike nahm die Hände von meinem Hals und wuchtete seinen massigen Körper von meiner Brust herunter.

»Was hast du mit ihm gemacht – du Riesenmonster?«,

schrie Mindy. Sie kniete sich neben mich auf den Boden, beugte sich über mich und strich mir das Haar aus den Augen.

»D-du bist ein… ein…« Ich unterbrach mich und hustete kläglich.

»Was, Joe? Was bin ich?«, fragte Mindy sanft.

»Du bist ein DUMMKOPF!«, rief ich und lachte schallend los.

Mindy sprang wütend auf. »Du kleiner Mistkerl!«

»Reingelegt! Reingelegt!«, jubelte ich.

»Junge, Junge, wir haben sie ganz schön an der Nase herumgeführt!« Mike grinste.

Ich rappelte mich auf und klatschte Mike in die ausgestreckte Hand. »Dumm-kopf! Dumm-kopf!«, riefen wir wieder und wieder.

Mindy verschränkte ihre dünnen Arme vor der Brust und funkelte uns verärgert an. »Das ist überhaupt nicht komisch«, fuhr sie uns an. »Ich werde euch nie wieder ein Wort glauben! Nie wieder!«

»Oh, wie ich mich fürchte!«, sagte ich und wackelte mit den Knien. »Siehst du? Meine Knie zittern schon.«

»Ich zittere auch«, meinte Mike und schüttelte sich von Kopf bis Fuß.

»Ihr seid mir echt zu kindisch, Jungs«, verkündete Mindy. »Ich verschwinde.« Sie schob die Hände in die Taschen ihrer weißen Shorts und stampfte davon. Doch ein, zwei Meter von der Treppe entfernt blieb sie plötzlich stehen.

Vor dem hoch oben eingelassenen Kellerfenster, durch das man in Mr McCalls Vorgarten sehen konnte.

Eine Sekunde lang starrte sie durch die dünne weiße Gardine hindurch nach draußen. Sie kniff die Augen zusammen und rief: »Nein! Oh, nein!«

»Netter Versuch«, antwortete ich und warf einen Staubball vom Teppich in ihre Richtung. »Da draußen ist gar nichts! Auf deinen lahmen Trick fall ich nicht herein!«

»Nein! Da ist Buster!«, rief Mindy. »Er ist schon wieder drüben!«

»Was?« Ich flitzte zum Fenster, sprang auf einen Stuhl und schob mit einem Ruck die Gardine beiseite.

Ja, da war Buster. Inmitten der Gemüsebeete in Mr McCalls Vorgarten. »O je, er ist wieder im Garten«, murmelte ich.

»In *meinem* Garten! Das möchte ich ihm nicht geraten haben!«, verkündete Mike, der jetzt ebenfalls angestampft kam. Er stieß mich vom Stuhl hinunter, um selbst hinauszusehen. »Wenn mein Dad Buster in seinem Gemüse erwischt, dann macht er Brei aus der Riesentöle!«

»Kommt schon, beeilt euch!«, drängte Mindy und zerrte mich am Arm. »Wir müssen Buster da wegholen, und zwar sofort. Bevor Mikes Dad ihn erwischt!«

Wir rannten die Treppe hinauf, zur Haustür hinaus, und flitzten über den Rasen vor unserem Haus.

Am Rand des Rasens sprangen wir über das Beet mit den gelben und weißen Petunien, die Dad gepflanzt hatte. Es trennt unseren Garten von dem der McCalls.

Mindy krallte ihre Fingernägel tief in meinen Arm. »Buster gräbt wieder!«, schrie sie. »Gleich zerstört er – die Melonen!«

Buster schaufelte wie ein Wilder mit den Vorderpfoten in der Erde herum. Er riss den Boden auf und grüne Pflanzen heraus. Erdklumpen und Blätter spritzten in alle Richtungen davon.

»Schluss, Buster!«, rief Mindy. »Hör auf damit – sofort!«

Buster grub ungeniert weiter.

Mike warf einen Blick auf seine Plastikarmbanduhr. »Ihr schafft den Köter besser schnell hier raus«, warnte er uns. »Es ist fast sechs. Mein Dad kommt immer Punkt sechs heraus, um den Garten zu gießen.«

Vor Mr McCall habe ich echt Schiss. Das gebe ich zu. Er ist so groß, dass Mike neben ihm wie ein Knirps aussieht! Und er ist jähzornig.

»Buster, komm hierher!«, befahl ich ihm. Mindy und ich riefen den Hund gemeinsam.

Aber Buster hörte nicht.

»Steht da nicht so rum. Wieso *zieht* ihr die blöde Töle da nicht weg?«, wollte Mike wissen.

Ich schüttelte den Kopf. »Das geht nicht! Er ist zu groß und zu stur. Er wird sich nicht von der Stelle rühren.«

Ich griff unter mein T-Shirt und tastete nach der glänzenden, metallenen Hundepfeife, die ich an einer Schnur um den Hals trug. Ich trage sie Tag und Nacht, sogar unter meinem Schlafanzug. Sie ist das Einzige, worauf Buster hört.

»Es ist zwei Minuten vor sechs«, warnte uns Mike nach einem weiteren Blick auf die Armbanduhr. »Dad kommt jetzt jeden Augenblick heraus!«

»Pfeif, Joe!«, schrie Mindy.

Ich hielt die Pfeife an den Mund und blies lange und fest hinein.

Mike kicherte. »Die Pfeife ist kaputt«, sagte er. »Es kommt überhaupt kein Ton heraus!«

»Das ist eine Hundepfeife«, erklärte Mindy ihm von oben herab. »Sie gibt einen sehr hohen Ton von sich, den Hunde hören können, aber Menschen nicht. Siehst du?«

Sie deutete auf Buster, der die Nase aus dem Boden gehoben und die Ohren gespitzt hatte.

Ich pfiff ein zweites Mal und Buster schüttelte sich die Erde aus dem Fell.

»Noch dreißig Sekunden, die Zeit läuft«, verkündete Mike.

Ich blies ein drittes Mal in die unhörbare Hundepfeife.

Ja!

Buster wedelte mit seinem Stummelschwanz und trottete gemächlich auf uns zu.

»Beeil dich, Buster!«, flehte ich. »Beeil dich!« Ich breitete die Arme aus.

»Buster, du musst laufen – nicht schleichen!«, rief Mindy.

Zu spät.

Die Haustür der McCalls flog auf und heraus trat Mr McCall.

4

»Joe! Komm her! Auf der Stelle!«, bellte mich Mikes Dad an.

Sein dicker Bauch hüpfte unter seinem blauen T-Shirt auf und ab, als er auf seine Beete zuwalzte. »Komm her, Junge – aber dalli!«

Mr McCall ist vor seiner Pensionierung bei der Armee gewesen. Er ist also daran gewöhnt, Befehle zu erteilen. Und daran, dass man ihm gehorcht.

Ich gehorchte ihm und ging auf ihn zu. Buster trottete neben mir her.

»War der Hund in meinem Garten?«, wollte Mr McCall wissen. Dabei blickte er mich mit kalten Augen an. Sein Blick kann einem das Blut in den Adern gefrieren lassen.

»Nein, S-Sir!«, stotterte ich, während Buster sich mit einem lauten Gähnen neben mir niederließ.

Normalerweise lüge ich nie, außer gegenüber Mindy. Aber schließlich stand jetzt Busters Leben auf dem Spiel und ich musste ihn retten, oder nicht?

Mr McCall watschelte zu seinen Gemüsebeeten und ging langsam um seine Tomaten, den Mais, die Zucchini und die Melonen herum. Er untersuchte jeden einzelnen Stängel und jedes Blatt gründlich.

O je, dachte ich. Jetzt sitzen wir aber böse in der Tinte.

Schließlich schaute er zu uns auf und seine Augen verengten sich. »Wenn euer Köter nicht hier war, wieso ist dann die ganze Erde aufgewühlt?«

»Vielleicht war das der Wind?«, antwortete ich zaghaft. Einen Versuch war es wert. Vielleicht glaubte er es ja.

Mike stand schweigend neben mir. Die einzige Zeit, in der er schweigt, ist, wenn sein Dad in der Nähe ist.

»Ähm, Mr McCall«, setzte Mindy an. »Wir werden dafür sorgen, dass Buster von Ihrem Garten fernbleibt.

Das versprechen wir!« Dann schenkte sie ihm ihr süßestes Lächeln.

Mr McCall runzelte die Stirn. »Na schön. Aber wenn ich ihn dabei erwische, dass er an meinen Melonen auch nur schnüffelt, dann rufe ich die Polizei und lasse diesen Hund ins städtische Tierheim bringen. Das meine ich ernst.«

Ich schluckte. Mir war klar, dass er es ernst meinte. Mr McCall macht keine Späßchen.

»Mike!«, kläffte Mr McCall. »Bring den Gartenschlauch her und wässere die Melonen! Ich hab dir doch gesagt, dass sie mindestens fünfmal täglich Wasser bekommen müssen.«

»Bis später«, murmelte Mike und lief mit eingezogenem Kopf zur Rückseite des Hauses, um den Gartenschlauch zu holen.

Mr McCall warf uns noch einen grimmigen Blick zu, dann trampelte er die Stufen zum Haus hinauf und warf knallend die Tür hinter sich zu.

»›Vielleicht war das der Wind‹?« Mindy rollte wieder mit den Augen. »Wow, was für eine lahme Ausrede, Joe!« Sie lachte.

»Ach ja? Na ja, immerhin hatte *ich* überhaupt eine Antwort auf Lager«, antwortete ich. »Und vergiss nicht, es war *meine* Pfeife, die Buster gerettet hat. Alles, was du zu Stande gebracht hast, war ein aufgesetztes Lächeln.«

Mindy und ich kehrten zu unserem Haus zurück, wobei wir uns den ganzen Weg über stritten. Plötzlich blieben wir jedoch stehen. Wir hatten ein tiefes Stöhnen gehört. Es klang Furcht erregend. Buster stellte die Ohren auf.

»Wer ist da?«, flüsterte ich.

Eine Sekunde später fanden wir es heraus: Dad kam mit einer großen Gießkanne um die Hausecke gewankt.

Er hatte seine bevorzugten Gartenklamotten an: Turnschuhe mit Löchern an beiden großen Zehen, ausgebeulte karierte Shorts und ein rotes T-Shirt, auf dem *Im Garten habe ich zwei linke Hände* stand. Und er stöhnte und ächzte. Was wirklich sonderbar war, denn wenn Dad im Garten arbeitet, ist er normalerweise immer bester Laune. Er pfeift dann, lacht und reißt lahme Witze.

Aber heute nicht.

Heute war etwas nicht in Ordnung. Ganz und gar nicht in Ordnung.

»Kinder… Kinder«, stöhnte er, während er auf uns zuwankte. »Ich habe euch schon gesucht.«

»Dad – was ist denn? Was ist los?«, wollte Mindy wissen.

Dad griff sich an den Kopf und trat von einem Bein aufs andere. Er holte tief Luft. »I-ich muss euch etwas *Schreckliches* sagen.«

5

»Was, Dad?«, rief ich. »Sag's uns.«

Dad sprach in heiserem Flüsterton. »Ich habe eine … eine Fruchtfliege auf unseren Tomaten entdeckt! Auf unserer allergrößten Tomate, der Roten Königin!«

Er wischte sich den Schweiß von der Stirn. »Wie konnte das nur passieren? Ich habe sie mit Wasser eingenebelt. Ich habe sie mit Insektenmittel eingesprüht. Ich habe sie beschnitten – allein in dieser Woche schon zweimal!«

Dad schüttelte sorgenvoll den Kopf. »Meine armen Tomaten. Wenn mir diese Fruchtfliege meine Rote Königin ruiniert, d-dann kann ich die Gartenschau vergessen!«

Mindy und ich wechselten einen Blick. Ich war mir sicher, dass wir dasselbe dachten. Die Erwachsenen um uns herum wurden allmählich alle ein bisschen sonderbar.

»Dad, es ist doch nur eine einzige Fruchtfliege«, bemerkte ich.

»Es braucht nur eine Fruchtfliege, eine einzige Fruchtfliege, und unsere Chancen auf das blaue Band sind zerstört. Wir müssen etwas unternehmen. Auf der Stelle!«

»Was ist mit diesem neuen Ungezieferspray?«, erinnerte ich ihn. »Das Zeug, das du dir letzte Woche aus dem *Grüne-Daumen*-Katalog hast kommen lassen.«

Dads Augen leuchteten auf und er fuhr sich mit der Hand durch sein spärliches, zerzaustes Haar. »Das *Schluss-mit-dem-Ungeziefer*-Spray!«, rief er aus.

Er trabte die Einfahrt entlang zur Garage. »Kommt mit, Kinder«, rief er aufgekratzt. »Lasst es uns ausprobieren!«

Dads Laune wurde zusehends besser.

Mindy und ich rannten ihm nach.

Dad holte drei Spraydosen aus einem Karton, der sich hinten in der Garage befand. Auf den Etiketten stand: »Sagen Sie dem Ungeziefer mit *Schluss mit dem Ungeziefer* auf Nimmerwiedersehen!«. Eine Zeichnung zeigte ein weinendes Insekt mit einem Koffer in der Hand. Es winkte zum Abschied.

Dad reichte eine Dose Mindy und eine mir. »Dann wollen wir uns diese Fruchtfliege mal vorknöpfen!«, rief er, als wir in den Garten zurückkehrten.

Wir zogen die Deckel von den *Schluss-mit-dem-Ungeheuer*-Spraydosen ab. »Eins, zwei, drei... sprühen!«, kommandierte Dad, worauf er und ich die zwei Dutzend Tomatenpflanzen einnebelten, die in der Mitte des Gartens an Holzstangen angebunden waren.

Mindy hatte noch nicht angefangen. Wahrscheinlich las sie noch die Liste der Inhaltsstoffe auf der Dose.

»Was ist das denn für ein Tumult hier?«, rief meine Mutter, die aus der Hintertür trat.

Mom hatte ihre typische Hauskleidung an: eine von Dads alten, schlabbrigen karierten Shorts und ein altes blaues T-Shirt, das er ihr vor ein paar Jahren von einer Geschäftsreise mitgebracht hatte.

»Hallo, Schatz«, rief Dad. »Wir vernichten gerade eine Fruchtfliege. Möchtest du zusehen?«

Mom lachte, wobei sich um ihre grünen Augen kleine Fältchen bildeten. »Ganz schön verlockendes Angebot. Aber ich muss mit dem Entwurf einer Grußkarte fertig werden.«

Mom ist Grafikerin. Sie hat im oberen Stockwerk unseres Hauses ein Büro. Auf ihrem Computer kann sie die unglaublichsten Bilder malen: umwerfende Sonnenuntergänge, Berge und Blumen.

»Um halb acht gibt's Abendessen, okay?«

»Klingt gut«, rief Dad, als Mom wieder ins Haus verschwand. »Also gut, Kinder. Dann lasst uns die Sprühaktion mal zu Ende bringen!«

Dad und ich sprühten die Tomatenpflanzen noch einmal kräftig ein. Die gelben Kürbispflanzen nebenan besprühten wir auch gleich mit. Mindy kniff die Augen zusammen, zielte mit der Düse ihrer Dose direkt auf die Rote Königin und spritzte einen einzigen dünnen Strahl.

Eine winzige Fruchtfliege schlug kläglich mit den Flügeln und fiel auf die Erde. Mindy lächelte zufrieden.

»Gut gemacht!«, rief Dad begeistert.

Wir klopften ihr beide auf den Rücken. »Ich finde, das müssen wir feiern!«, verkündete er. »Ich habe eine geniale Idee! Wir schauen kurz im *Prachtgarten* vorbei!«

»O neeeiin!«, stöhnten Mindy und ich gleichzeitig.

Der *Prachtgarten* ist ein Geschäft, das zwei Straßenblocks von unserem Haus entfernt liegt. Dort kauft Dad all unsere Gartendekoration, und das ist nicht gerade wenig.

Dad ist auf Gartendekoration nämlich genauso versessen wie aufs Gärtnern selbst. Wir haben so viel von diesem Nippes in unserem Vorgarten, dass es unmöglich ist, den Rasen zu mähen!

Wir haben zwei rosa Plastikflamingos, einen Zementengel mit riesigen weißen Flügeln und eine Chromkugel auf einer silbernen Säule. Des Weiteren haben wir eine ganze Familie von Stinktieren aus Gips, einen Brunnen mit zwei schnäbelnden Schwänen und einen Seehund, der einen Wasserball auf der Nase balanciert. Und wir haben ein angeschlagenes Reh aus Gips.

Verrückt, oder?

Aber Dad liebt die Dinger. Er hält sie für Kunst oder so etwas.

Und weißt du, was er tut? An Feiertagen zieht er sie

an. Zum Erntedankfest setzt er den Stinktieren Pilgerhüte auf. Zu Halloween steckt er die Flamingos in Piratenkostüme. Und an Lincolns Geburtstag bekommen die Schwäne kleine schwarze Bärte und Zylinderhüte verpasst.

Natürlich kann die ordnungsliebende Mindy die Figuren im Garten nicht ausstehen. Mom auch nicht. Jedes Mal, wenn Dad neue nach Hause bringt, droht Mom damit, sie in die Mülltonne zu werfen.

»Dad, dieser Gartennippes ist total peinlich!«, beschwerte sich Mindy. »Die Leute glotzen aus ihren Autos und machen Fotos von unserem Vorgarten. Wir sind eine Touristenattraktion!«

»Ach was«, seufzte Dad. »Gerade mal *einer* hat ein Foto geschossen.«

Das war letzte Weihnachten gewesen – als Dad alle Figuren als Gehilfen des Weihnachtsmanns verkleidet hatte.

»Ja, und dieses Foto landete in der Zeitung!«, stöhnte Mindy. »Es war ja soooo peinlich!«

»Also, ich finde die Dinger cool«, warf ich ein. Irgendjemand musste meinen armen Dad doch schließlich verteidigen.

Mindy rümpfte nur angewidert die Nase.

Ich weiß, was Mindy an der Gartendekoration wirklich nervt. Es ist die Art, wie Dad sie plaziert. Ungeordnet. Wenn es nach Mindy ginge, würden die Figuren so aufgereiht wie ihre Schuhe stehen. In lauter hübschen, ordentlichen Reihen.

»Kommt schon, Kinder«, trieb Dad uns an, während er die Einfahrt hinunterging. »Vielleicht sind inzwischen neue Lieferungen an Gartendeko hereingekommen.«

Uns blieb keine andere Wahl.

Mindy und ich trotteten hinter Dad den Bürgersteig entlang. Während wir ihm folgten, dachten wir: halb so schlimm. Es war kurz vor dem Abendessen und wir konnten ohnehin nur einen raschen Blick auf die Gartenfiguren im Laden werfen, bevor wir wieder nach Hause gehen würden.

Wir hatten ja keine Ahnung, dass das furchterregendste Abenteuer unseres Lebens gerade seinen Anfang nahm.

6

»Können wir nicht fahren, Dad?«, beklagte sich Mindy, als wir auf dem Weg zum *Prachtgarten* die steil ansteigende Summit-Avenue hinaufwanderten. »Es ist zu heiß zum Gehen.«

»Na komm schon, Mindy. Es ist doch nur ein paar Straßen weit. Und außerdem ist Bewegung gesund«, antwortete Dad, während er große, flotte Schritte machte.

»Aber es ist sooooo heiß«, jammerte Mindy. Sie strich sich die Ponyfransen aus dem Gesicht und wischte sich mit der Hand über die Stirn.

Mindy hatte Recht. Es war heiß. Aber na und? Wir gingen doch nur zwei Straßenblocks weit.

»Mir ist noch heißer als dir«, hänselte ich Mindy. Dann beugte ich mich zu ihr und schüttelte vor ihrer Nase meinen verschwitzten Kopf. »Siehst du?«

Ein paar Schweißtropfen flogen Mindy aufs T-Shirt.

»Du bist so eklig!«, kreischte sie und wich zurück. »Dad! Sag ihm, er soll aufhören, sich so widerlich zu benehmen.«

»Wir sind gleich da«, antwortete Dad. Seine Stimme klang so, als wäre er eine Million Meilen von uns entfernt. Er träumte wahrscheinlich schon davon, wie er sein nächstes Gartenschmuckstück kaufte.

Ein Stück weiter die Straße hinunter entdeckte ich das hohe, spitze Dach des *Prachtgartens*. Es erhob sich in den Himmel und überragte alle anderen Häuser der Umgebung.

Was für ein seltsamer Laden, dachte ich. Der *Prachtgarten* befindet sich in einem alten, heruntergekommenen dreistöckigen Haus, das ein Stück von der Straße zurückgesetzt liegt. Das ganze Gebäude ist rosa angemalt und an den Fenstern sind helle bunte Fensterläden angebracht. Allerdings passen die Farben überhaupt nicht zusammen.

Wahrscheinlich ist das der Grund, warum Mindy diesen Laden hasst.

Das alte Haus ist in keinem guten Zustand. Die Holzdielen der vorderen Veranda hängen durch und es gibt sogar ein Loch im Verandaboden, durch das Mr McCall im letzten Jahr gefallen ist.

Als wir an der Fahnenstange vor dem Haus vorbeimarschierten, entdeckte ich Mrs Anderson in der Auffahrt. Ihr gehört der *Prachtgarten*. Sie wohnt auch hier, im ersten und zweiten Stock.

Mrs Anderson stand über eine Schar rosafarbener Plastikflamingos gebeugt, entfernte deren Kunststoffhüllen und stellte die Vögel kreuz und quer in ihrem Garten auf.

Mrs Anderson erinnert mich selbst an einen Flamingo. Sie ist dürr und kleidet sich immer rosa. Selbst ihr Haar ist irgendwie rosa, so ähnlich wie gefärbte Zuckerwatte.

Das Einzige, was Mrs Anderson verkauft, sind Gartendekorationen. Eichhörnchen aus Gips. Engel, die sich küssen. Rosa Kaninchen mit Schnurrhaaren aus Draht. Lange grüne Würmer, die schwarze Hüte tragen. Eine ganze Schar weißer Gänse. Sie hat hunderte Figuren im

Angebot. Die stehen überall in ihrem Garten herum, auf der Treppe zur Veranda, und sie sind, gleich hinter der Haustür beginnend, über das ganze Erdgeschoss des Hauses verteilt.

Behutsam packte Mrs Anderson einen weiteren Flamingo aus und stellte ihn neben ein Reh. Sie betrachtete die Anordnung eine Weile und rückte das Reh dann etwa einen Daumen breit nach links.

»Hallo, Lilah!«, rief ihr mein Dad entgegen.

Mrs Anderson gab keine Antwort. Sie ist ein bisschen schwerhörig.

»Hallo, Lilah!«, wiederholte Dad, wobei er die Hände wie einen Trichter um seinen Mund legte.

Mrs Anderson wandte sich von den Flamingos ab und hob den Kopf. Sie strahlte meinen Dad an. »Jeffrey!«, rief sie. »Wie schön, Sie zu sehen.«

Mrs Anderson ist immer freundlich zu Dad. Meine Mom sagt, er wäre ihr bester Kunde.

Vielleicht sogar ihr *einziger* Kunde!

»Ich freue mich auch, Sie zu sehen«, antwortete Dad. Er rieb sich freudig die Hände und sah sich im Garten um.

Mrs Anderson stellte den letzten Flamingo auf und kam dann auf uns zu, wobei sie sich die Hände an ihrem rosa T-Shirt abwischte.

»Suchen Sie etwas Bestimmtes?«, fragte sie meinen Vater.

»Unser Reh fühlt sich ein bisschen einsam«, erklärte er ihr schreiend, damit sie ihn hören konnte. »Ich denke, es braucht Gesellschaft.«

»Also wirklich, Dad. Wir brauchen nicht noch mehr Figuren für den Garten«, meinte Mindy. »Mom wird sauer sein.«

Mrs Anderson lächelte. »I wo, auf einem *Prachtgarten*-Rasen gibt es immer Platz für noch eine Figur! Stimmt's nicht, Jeffrey?«

»Stimmt!«, erklärte Dad.

Mindy presste die Lippen fest aufeinander und rollte, wohl zum hundertsten Mal an diesem Tag, mit den Augen.

Dad eilte zu einer Gruppe von Rehen aus Gips mit großen Augen, die in einer Ecke des Gartens standen. Wir folgten ihm.

Die Rehe waren ungefähr einen Meter zwanzig groß. Ihr rötlich braunes Fell war mit weißen Flecken gesprenkelt.

Sehr lebensecht. Sehr langweilig.

Dad betrachtete die Rehe einige Sekunden lang. Da stach ihm plötzlich etwas anderes ins Auge.

In der Mitte des Rasens hockten zwei Zwerge.

»Na, was haben wir denn hier?«, murmelte Dad lächelnd. Ich konnte sehen, wie seine Augen aufleuchteten. Er bückte sich, um sich die Zwerge genauer anzusehen.

Mrs Anderson klatschte in die Hände. »Jeffrey, Sie haben einen wunderbaren Blick für Gartendekoration!«, rief sie. »Ich wusste, dass Ihnen die Zwerge gefallen würden! Sie wurden in Europa hergestellt. Sehr gute Arbeit.«

Ich betrachtete die Zwerge. Sie sahen wie kleine alte Männer aus. Sie waren knapp einen Meter groß und ziemlich pummelig. Sie hatten stechende rote Augen und große spitze Ohren.

Ihr Mund war zu einem breiten, albernen Grinsen verzogen. Und auf ihren Köpfen spross struppiges braunes Haar.

Sie trugen beide hellgrüne kurzärmelige Hemden, braune Hosen und hohe, spitze orange Mützen. Um ihre fülligen Hüften waren schwarze Gürtel geschlungen.

»Die sind umwerfend!«, schwärmte Dad. »Oh, Kinder, sind die nicht wundervoll?«

»Sie sind ganz nett, Dad«, sagte ich.

»Nett?«, schrie Mindy. »Sie sind *entsetzlich!* Sie sind total hässlich und sie sehen so ... so bösartig aus. Einfach abscheulich!«

»Du hast Recht, Mindy«, sagte ich. »Sie sind ziemlich hässlich. Sie sehen genauso aus wie du!«

»Joe, du bist der größte ...«, begann Mindy, aber Dad unterbrach sie.

»Wir nehmen sie!«, rief er.

»Dad – nein!«, heulte Mindy. »Sie sind abscheulich!

Kauf ein Reh oder noch einen Flamingo, aber nicht diese hässlichen alten Zwerge. Sieh dir doch bloß die furchtbaren Farben an und dieses bösartige Grinsen! Sie sind richtig unheimlich!«

»Oh, Mindy. Sei nicht albern. Sie sind perfekt!«, rief Dad hingerissen. »Wir werden viel Spaß mit ihnen haben. Zu Halloween verkleiden wir sie als Gespenster und zu Weihnachten als Gehilfen des Weihnachtsmanns.«

Dad holte seine Kreditkarte hervor und ging mit Mrs Anderson zum rosafarbenen Haus, um die Bezahlung abzuwickeln. »Ich bin in einer Minute wieder da«, rief er.

»Das sind bis jetzt die grässlichsten Figuren«, stöhnte Mindy, während sie sich mir zuwandte. »Sie sind total peinlich. Ich werde nie mehr Freunde mit nach Hause bringen können.«

Mit diesen Worten stampfte sie in Richtung Straße davon.

Ich konnte meine Augen gar nicht mehr von den Zwergen losreißen. Irgendwie waren sie hässlich. Und obwohl sie grinsten, hatte ihr Lächeln etwas Unfreundliches. Ihre glasigen roten Augen wirkten eigenartig kalt.

»Uaaa! Mindy! Komm schnell!«, schrie ich. »Einer der Zwerge hat sich gerade bewegt!«

Mindy drehte sich langsam zu mir um.

Die pummelige Hand hielt mein Handgelenk fest. Ich zappelte und wand mich, um mich loszureißen.

»Lass los!«, quiekte ich. »Lass mich los! Mindy – hilf mir!«

»Ich … ich komme!«, schrie sie.

7

Mindy rannte in den Garten, sprang über die Flamingos und spurtete um die Rehe herum.

»Beeil dich!«, stöhnte ich und streckte ihr den linken Arm entgegen. »Er tut mir *weh!*«

Als meine Schwester mit schreckerfülltem Gesicht näher kam, konnte ich mich nicht länger verstellen und ich lachte schallend los.

»Reingefallen! Reingefallen!«, schrie ich und tänzelte im Garten herum.

Mindy holte aus, um mir eine zu knallen. Aber sie verfehlte mich.

»Hast du wirklich geglaubt, dass dieser Zwerg mich packt?«, rief ich. »Hast du völlig den Verstand verloren?«

Ihr blieb keine Zeit zu antworten, denn in diesem Moment kam Dad die rosa Verandastufen heruntergetrabt. »Es wird Zeit, unsere kleinen Kerle nach Hause zu bringen«, verkündete er grinsend. Er blieb stehen und schaute fröhlich auf die hässlichen Zwerge hinunter. »Aber zuerst geben wir ihnen Namen.« Dad gibt all unseren Gartenfiguren Namen.

Mindy stöhnte laut auf, aber Dad beachtete sie nicht.

Er tätschelte einem der Zwerge den Kopf. »Lasst uns diesen hier Robby nennen. Ich trage Robby. Und ihr, Kinder, nehmt …«

Er unterbrach sich und warf einen Blick auf den anderen Zwerg, an dessen Vorderzahn eine Ecke fehlte. »Tobby. Ja, den nennen wir Tobby.«

Dad nahm Robby auf den Arm. »Uff. Der ist aber ganz schön schwer!« Er steuerte, unter dem Gewicht des Zwerges schwankend, auf die Einfahrt zu.

Mindy maß Tobby mit den Augen. »Du nimmst ihn bei den Füßen, ich nehme ihn oben«, wies sie mich an. »Also los. Eins, zwei, drei … hau ruck!«

Ich bückte mich und packte den Zwerg bei den Füßen. Sein schwerer roter Stiefel kratzte mich am Arm und ich stieß einen Schrei aus.

»Hör auf zu jammern«, befahl Mindy. »Immerhin hast du wenigstens nicht diesen blöden spitzen Hut im Gesicht.«

Mühsam folgten wir Dad den Hügel hinunter. Wir

gingen nebeneinander, den Zwerg zwischen uns, und kämpften uns mit winzigen Schritten voran.

»Die Leute in der Nachbarschaft glotzen uns alle an«, stöhnte Mindy.

Das stimmte. Zwei Mädchen aus Mindys Schule, die gerade den Hügel hinaufradelten, blieben stehen und gafften. Dann brachen sie in prustendes Gelächter aus.

Mindys blasses Gesicht färbte sich so rot wie eine von Dads Tomaten. »Das wird mir ewig nachhängen«, grollte sie. »Los, Joe. Geh schneller.«

Ich rüttelte an Tobbys Bein, damit Mindy das Gleichgewicht verlor. Doch das Einzige, was sie verlor, war ihre Beherrschung. »Hör auf damit, Joe«, schnauzte sie mich an. »Und halt dein Ende höher.«

Als wir auf unser Haus zutrotteten, entdeckte uns Mr McCall. Er stutzte gerade seine Sträucher, hielt aber inne, um unsere kleine Parade zu bestaunen.

»Noch mehr Figuren für den Garten, Jeffrey?«, rief er Dad zu. Ich konnte ihn kichern hören.

Mindy und mir gegenüber ist Mr McCall immer aufbrausend und unwirsch. Doch mit Dad kommt er ganz gut aus. Sie ziehen sich gegenseitig ständig wegen ihrer Gärten auf.

Mrs McCall streckte ihren Kopf zur Haustür heraus. »Wie niedlich!«, rief sie und strahlte uns unter dem

Schirm ihrer weißen Baseballkappe hervor an. »Komm rein, Bill. Dein Bruder ist am Telefon.«

Mr McCall legte seine Gartenschere ab und ging ins Haus.

Wir schleppten Tobby an der Einfahrt der McCalls vorbei und folgten Dad in unseren Vorgarten.

»Hierher!«, wies Dad uns an, während er Robby in einer hinteren Ecke des Gartens absetzte. Neben Lilah. Lilah ist das Reh. Dad hat es nach Lilah, der Besitzerin des *Prachtgartens*, benannt.

Mit letzter Kraft schleppten wir Tobby zu Dad. Die Zwerge waren schwer. Sie wogen viel mehr als die übrigen Gartenfiguren.

Mindy und ich setzten den Zwerg im Gras ab und ließen uns dann erschöpft neben ihm auf die Erde fallen.

Vergnügt pfeifend stellte Dad Tobby rechts neben das Reh und Robby links neben das Reh.

Anschließend trat er zurück, um sie zu begutachten. »Was für fröhliche Gesellen!«, verkündete er. »Ich muss sie gleich eurer Mom zeigen! Diesmal wird sie sich nicht widersetzen. Sie sind einfach zu putzig, um sie zu hassen!«

Eilig lief er über den Rasen ins Haus.

»Hallo, hallo!«, vernahm ich eine vertraute Stimme von nebenan. Mike kam über die Auffahrt angetrabt. »Ich habe gehört, ihr habt ein paar hässliche neue Gartendinger.«

Er trat auf die Zwerge zu und starrte sie an. »Ja, sie sind wirklich ziemlich hässlich«, dröhnte er.

Mike beugte sich zu Robby hinab und streckte ihm die Zunge heraus. »Wie wär's mit 'nem Kampf, du Knirps?«, fragte er die kleine sitzende Figur. »Nimm das!« Er tat so, als würde er Robby einen Boxhieb in den fülligen Bauch versetzen.

»Zeig's dem Wicht!«, schrie ich.

Mike packte den Gartenzwerg um die Hüfte und versetzte ihm ein Dutzend rascher Schläge.

Ich rappelte mich hoch. »Ich werde dir gleich das grässliche Grinsen vom Gesicht wischen!«, brüllte ich Tobby an. Ich legte dem Zwerg die Hände um den Hals und tat so, als wollte ich ihn erwürgen.

»Pass mal auf!«, rief Mike und versetzte Robby mit seinem wuchtigen Bein einen Karatetritt gegen den kleinen spitzen Hut. Die hockende Figur wackelte.

»Seid vorsichtig! Hört auf, so rumzualbern!«, warnte uns Mindy. »Ihr werdet sie noch kaputtmachen.«

»Okay«, sagte ich. »Dann kitzeln wir sie eben.«

»Kille, kille!«, quiekte Mike, während er Robby unter den Armen kitzelte.

»Du bist wirklich zum Schießen komisch, Mike«, erklärte Mindy. »Ein richtiger …«

Mike und ich warteten darauf, dass Mindy ihre Beleidigung zu Ende sprach, aber stattdessen deutete sie auf den Garten der McCalls und brüllte: »O nein! Buster!«

Mike und ich fuhren herum und entdeckten Buster mitten im Garten der McCalls, wo er mit seinen Pfoten das Grünzeug bearbeitete.

»Buster! Nein!«, brüllte ich.

Ich zog die Hundepfeife hervor und setzte sie an den Mund. Doch bevor ich hineinblasen konnte, kam Mr McCall aus der Haustür herausgeschossen!

»Dieser blöde Köter schon wieder!«, schrie er und fuchtelte wild mit den Armen. »Verschwinde hier! Kschh!«

Buster winselte, drehte sich um und trottete mit hängendem Kopf und eingezogenem Schwanz in unseren Garten zurück.

O-oh, dachte ich, als ich Mr McCalls wütendes Gesicht sah. Jetzt gibt's Stunk.

Doch bevor Mr McCall mit seiner Standpauke beginnen konnte, öffnete Dad die Haustür. »Kinder, eure Mutter sagt, das Abendessen ist gleich fertig.«

»Jeffrey, schickst du mir die Töle absichtlich herüber, damit sie meine Melonen zerstört?«, rief Mr McCall.

Dad grinste. »Buster kann nichts dafür«, antwortete er. »Er hält deine Melonen für Golfbälle!«

»Sind das Tomaten, die du da züchtest?«, entgegnete Mikes Dad schlagfertig. »Oder sind das Oliven?«

»Hast du die Tomate nicht gesehen, die ich gestern ins Haus gerollt habe?«, antwortete Dad. »Ich musste dazu die Schubkarre nehmen!«

Buster tollte durch den Garten. Ich denke, ihm war klar, dass er gerade bösem Ärger entgangen war.

Wir gingen aufs Haus zu, aber plötzlich hörte ich einen heftigen Plumps und blieb stehen.

Als ich herumwirbelte, entdeckte ich, dass Robby auf der Nase im Gras lag.

Buster leckte ihm eifrig das Gesicht ab.

»Böser Hund«, schimpfte Dad. Ich glaube, dass Dad von Buster auch nicht mehr hält als Mr McCall. »Hast du den Gartenzwerg etwa umgestoßen? Mach, dass du da wegkommst!«

»Buster – komm her, alter Knabe!«, rief ich. Doch er hörte nicht und schleckte dem Zwerg nur noch wilder übers Gesicht.

Ich setzte meine Hundepfeife an die Lippen und blies kurz und heftig hinein. Buster hob, vom Pfiff aufgeschreckt, den Kopf. Er vergaß den Gipszwerg und trottete zu mir.

»Joe, stell Robby wieder auf, ja?«, sagte Dad verärgert.

Mindy hielt Buster fest, während ich den Gartenzwerg bei den Schultern packte und ihn behutsam wieder aufstellte. Dann untersuchte ich ihn auf Beschädigungen.

Beine, Arme, Hals – alles schien heil geblieben zu sein.

Ich richtete meinen Blick auf Robbys Gesicht – und machte verblüfft einen Satz rückwärts.

Ich blinzelte ein paar Mal und schaute den Zwerg noch einmal an.

»D-das glaub ich einfach nicht!«, murmelte ich.

8

Das Grinsen des Gartenzwergs war verschwunden.

Sein Mund stand weit offen, als ob er zu schreien versuchte.

»He …!«, brachte ich mit Mühe hervor.

»Was ist los?«, rief Dad. »Ist er beschädigt?«

»Sein Grinsen!«, schrie ich. »Sein Grinsen ist verschwunden! Er sieht aus, als ob er sich fürchtet oder so!«

Dad sprang die Verandatreppe herunter und rannte herbei. Mike und Mr McCall schlossen sich ihm an.

Mindy spazierte langsam mit einem misstrauischen Gesichtsausdruck in meine Richtung. Wahrscheinlich dachte sie, ich spielte ihnen wieder einen Streich.

»Seht ihr?«, rief ich, als sich alle um mich versammelt hatten. »Das ist unglaublich!«

»Ha-ha! Guter Witz, Joe!«, rief Mike aus und versetzte mir einen Stoß gegen die Schulter. »Wirklich sehr komisch.«

»Wieso?« Ich senkte meinen Blick zu der kleinen Figur.

Robbys Lippen waren zu einem Grinsen verzogen. Zu demselben albernen Grinsen, das er immer im Gesicht hatte. Die erschrockene Miene war verschwunden.

Dad lachte herzlich. »Gut gespielt, Joe«, sagte er. »Du hast uns wirklich alle zum Narren gehalten.«

»Vielleicht sollte dein Sohn Schauspieler werden«, sagte Mr McCall, während er sich am Kopf kratzte.

»Mich hat er nicht reingelegt«, prahlte Mindy. »Das war lahm. Echt lahm.«

Was war geschehen? Hatte ich mir den aufgerissenen Mund nur eingebildet?

Mr McCall blickte zu Buster. »Hör mal, Jeffrey«, begann er. »Die Sache mit deinem Hund ist mir ernst. Wenn er noch einmal in meinen Garten kommt …«

»Falls Buster noch mal rübergeht, dann werden wir ihn anbinden, das verspreche ich dir«, antwortete Dad.

»Aber, Dad«, sagte ich. »Du weißt doch, dass Buster es hasst, angebunden zu werden. Er hasst es!«

»Tut mir Leid, Kinder«, sagte Dad, während er sich umwandte, um ins Haus zu gehen. »Es bleibt dabei. Buster hat noch eine letzte Chance.«

Ich bückte mich, um Buster über den Kopf zu streicheln. »Das ist deine letzte Chance, alter Knabe«, flüsterte ich ihm ins Ohr. »Hast du das gehört? Das ist deine letzte Chance.«

Als ich am nächsten Morgen aufwachte, schaute ich blinzelnd auf den Radiowecker auf meinem Nachtschränkchen. Acht Uhr. Dienstag. Der zweite Tag der Sommerferien. Herrlich!

Ich zog meinen violett-weißen Pullover und meine Turnhose an und lief die Treppe hinunter. Es war Zeit, den Rasen zu mähen.

Dad und ich hatten eine Abmachung getroffen. Wenn ich den ganzen Sommer über einmal in der Woche den Rasen mähte, würde mir Dad ein neues Fahrrad kaufen.

Ich wusste auch bereits genau, welches Modell ich haben wollte: eines mit einundzwanzig Gängen und richtig breiten Reifen. Das coolste Mountainbike aller Zeiten. Damit würde ich über Felsbrocken fliegen können!

Ich ging zur Haustür hinaus und hob mein Gesicht der warmen Morgensonne entgegen. Sie fühlte sich gut an. Das Gras, das noch von Morgentau bedeckt war, glitzerte im Licht.

»Joe!«, hörte ich jemanden laut brüllen.

Es war Mr McCall, der da brüllte. »Komm sofort

zu mir her!« Er stand über sein Gemüsebeet gebeugt. An seiner Stirn pochte eine wütende rote Ader.

O nein, dachte ich, während ich zögernd auf ihn zuging. Was ist nun schon wieder passiert?

»Jetzt reicht es mir«, donnerte er. »Wenn du den Hund nicht anbindest, dann rufe ich die Polizei! Ich mein's ernst!«

Mr McCall deutete auf den Boden. Eine seiner Wintermelonen lag zerstückelt auf der Erde. Melonenkerne lagen überall verstreut herum. Und der größte Teil des orangen Fruchtfleisches war aufgegessen.

Ich wusste nicht, was ich sagen sollte. Zu meinem Glück tauchte gerade rechtzeitig mein Dad auf. Er war auf dem Weg zur Arbeit.

»Gibt dir mein Sohn ein paar Ratschläge für die Gartenarbeit, Bill?«, fragte er gut gelaunt.

»Mir ist heute nicht nach Scherzen zu Mute!«, kläffte Mr McCall ihn an. Er klaubte die Melonenstücke auf und hielt sie meinem Dad unter die Nase. »Sieh mal, was dein wilder Hund angerichtet hat! Jetzt habe ich nur noch vier Melonen!«

Dad drehte sich zu mir um. Seine Miene wurde streng. »Ich hab dich gewarnt, Joe! Ich hab dir gesagt, du sollst dafür sorgen, dass der Hund in unserem Garten bleibt.«

»Aber Buster hat das nicht getan«, protestierte ich. »Er mag überhaupt keine Melonen!«

Buster drückte sich hinter den Flamingos herum. Seine Ohren hingen flach am Kopf herab, den Schwanz hatte er zwischen die Beine geklemmt. Er sah wirklich so aus, als hätte er ein schlechtes Gewissen.

»Und wer soll es sonst gewesen sein?«, wollte Mr McCall wissen.

Dad schüttelte den Kopf. »Joe, ich möchte, dass du Buster hinter dem Haus anbindest, und zwar sofort!«

Mir war klar, dass mir keine andere Wahl blieb.

»Okay, Dad«, murmelte ich. Ich schlurfte über den Rasen, nahm Buster am Halsband und zog ihn in eine Ecke hinterm Haus. Dort ließ ich ihn sich neben der Hundehütte aus rotem Zedernholz hinsetzen. »Bleib hier!«, befahl ich ihm.

Ich kramte in der Garage herum, bis ich ein langes Stück Seil gefunden hatte. Damit leinte ich Buster an der großen Eiche neben der Hundehütte an.

Er jaulte. Er hasst es wirklich, angebunden zu werden.

»Tut mir Leid, Junge«, flüsterte ich. »Ich weiß, dass du die Melone nicht gefressen hast.«

Buster stellte die Ohren auf, als Dad nach hinten kam, um zu überprüfen, ob ich den Hund auch wirklich angebunden hatte. »Es ist sowieso ganz gut, dass Buster heute angebunden ist«, sagte er. »Die Maler fangen heute Nachmittag damit an, das Haus anzustreichen. Da wäre ihnen Buster nur im Weg.«

»Maler?«, fragte ich überrascht. Niemand hatte mir etwas davon gesagt. Ich hasse den Geruch von Farbe!

Dad nickte. »Sie werden das verblasste Gelb übermalen«, sagte er und deutete auf die Hausfassade. »Wir lassen das Haus weiß mit schwarzen Verzierungen streichen.«

»Dad, wegen Buster ...«, setzte ich an.

Dad hob eine Hand, um mich zum Schweigen zu bringen. »Ich muss zur Arbeit. Sorg dafür, dass er angebunden bleibt. Wir unterhalten uns später.« Ich sah ihm nach, als er zur Garage ging.

Das ist alles ganz allein Mr McCalls Schuld!, dachte ich zornig.

Nachdem Dad abgefahren war, stapfte ich wütend in die Garage und holte den Rasenmäher. Aufgebracht schob ich den Rasenmäher ums Haus herum und in den Vorgarten. Mindy saß auf der Verandatreppe und las, während ich den Rasenmäher mit grimmiger Miene vorwärts stieß.

»Ich hasse Mr McCall!«, rief ich und schob den Rasenmäher um einen der Flamingos herum. Ich musste mich beherrschen, um ihm nicht seine stangendürren Beine abzurasieren. »Er ist so ein Idiot! Am liebsten würde ich ihm auch noch die übrigen vier blöden Melonen zermatschen!«, schrie ich. »Vielleicht würde er uns dann endlich zufrieden lassen!«

»Joe, krieg dich wieder ein«, rief Mindy, die von ihrem Buch aufschaute.

Nachdem ich mit Mähen fertig war, ging ich ins Haus, um einen Plastiksack für das abgeschnittene Gras zu holen. Als ich zurückkam, lag Mike auf unserem Rasen. Um ihn herum waren einige grellbunte Plastikringe im Gras verstreut.

»Fang!«, rief er und schleuderte mir einen blauen Plastikring entgegen. Ich ließ den Beutel fallen und hechtete nach dem Ring.

»Gut gefangen!«, sagte er und rappelte sich hoch. »Wie wär's mit 'ner Runde Ringewerfen? Wir könnten auf die spitzen Mützen der Zwerge zielen.«

»Wie wär's mit Mindys spitzem Kopf?«, erwiderte ich.

»Du bist so kindisch«, sagte Mindy. Sie stand auf und ging durch die Tür nach drinnen. »Ich such mir ein ruhiges Plätzchen, wo ich lesen kann.«

Mike reichte mir ein paar Ringe, ehe er einen violetten Ring nach Robby schleuderte. Der Ring rutschte über den Hut des Zwerges.

»Toller Wurf!«, rief ich begeistert.

Ich nahm ebenfalls einen Ring in die Hand und drehte mich wie ein Diskuswerfer im Kreis, bevor ich ihn warf. Er flog Tobby ins feiste Gesicht und fiel ins Gras. Auch der zweite Wurf war nicht besser.

Mike kicherte. »Du wirfst wie Mindy. Schau mir mal zu, wie ich das mache!« Er beugte sich vor und schleuderte zwei Ringe auf Tobby. Sie legten sich sauber um seinen spitzen Hut.

»Ja!«, schrie Mike und spannte seine kräftigen Armmuskeln in Siegerpose an. »Super-Mike ist der Beste!«

Wir schleuderten die übrigen Ringe auf die Zwerge. Mike schlug mich. Aber nur mit zwei Punkten Vorsprung – zehn zu acht.

»Revanche!«, rief ich. »Lass uns noch eine Runde werfen!«

Ich sauste zu den Zwergen und sammelte die Ringe ein. Als ich gerade welche von Tobbys Hut abzog, blickte ich ihm ins Gesicht.

Und keuchte.

Was war *das?*

Ein Kern.

Ein oranger, etwa ein Zentimeter langer Kern.

Er steckte zwischen den dicken Lippen des Zwerges.

9

»Ist das ein Melonenkern?«, fragte ich mit bebender Stimme.

»Ein was?« Mike kam zu mir und stellte sich hinter mich.

»Ein Melonenkern«, wiederholte ich.

Mike schüttelte den Kopf und schlug mir mit seiner großen Hand auf die Schulter. »Du siehst Gespenster«, erklärte er. »Komm schon, lass uns weiterspielen!«

Ich deutete auf Tobbys Mund. »Ich sehe keine Gespenster. Da! Genau da! Siehst du ihn nicht?«

Mike folgte meinem Finger mit den Augen. »Ja, ich sehe einen Kern. Na und?«

»Das ist ein Melonenkern, Mike. Einer von der Sorte, die zermanscht auf der Erde lag.«

Wie konnte ein Melonenkern in Tobbys Mund gelangt sein?

Dafür musste es eine Erklärung geben. Eine einfache Erklärung.

Ich dachte angestrengt nach. Aber mir fiel keine ein.

Ich streifte den Kern von den Lippen des Zwerges und sah zu, wie er ins Gras segelte.

Dann schaute ich dem Gartenzwerg ins grinsende Gesicht. In diese kalten, ausdruckslosen Augen.

Und der Zwerg starrte zu mir zurück. Trotz der Hitze fröstelte ich.

Wie war der Kern dort hingeraten?, grübelte ich.

In dieser Nacht träumte ich von Melonen. Ich träumte, dass in unserem Vorgarten eine Kassaba-Melone wuchs. Sie wuchs und wuchs und wuchs, bis sie größer war als unser Haus.

Etwas schreckte mich plötzlich aus meinem Melonentraum auf. Ich tastete nach meinem Wecker. Es war ein Uhr nachts.

Da hörte ich ein Heulen. Ein leises, klagendes Heulen. Es kam von draußen, vor dem Haus.

Ich sprang aus dem Bett, hastete zum Fenster und spähte hinaus in den dunklen Vorgarten. Die Figuren standen schweigend auf dem Rasen.

Wieder hörte ich das Heulen. Diesmal lauter und anhaltender.

Es war Buster, mein armer Hund. Er war immer noch hinterm Haus angebunden.

Ich schlich aus meinem Zimmer hinaus und den dunklen Flur entlang. Im Haus war es still. Vorsichtig stieg ich die teppichbespannte Treppe hinab.

Als eine Stufe unter meinem Fuß knarrte, zuckte ich erschrocken zusammen.

Eine Sekunde später hörte ich noch ein Knarren.

Mir zitterten die Beine.

Nur die Ruhe, Joe, redete ich mir selbst gut zu. Das sind nur die Stufen.

Auf Zehenspitzen huschte ich durchs dunkle Wohnzimmer und in die Küche. Da hörte ich hinter mir ein leises Rascheln. Mein Herz hämmerte.

Ich fuhr herum. Nichts.

Das bildest du dir nur ein, sagte ich mir.

Ich stolperte durch die Dunkelheit und legte meine Hand auf die Türklinke.

Da packten mich plötzlich von hinten zwei kräftige Hände!

10

»Wo willst du hin?«

Mindy!

Ich stieß einen erleichterten Seufzer aus und befreite mich aus ihrem Griff.

»Ich besorge mir einen kleinen Mitternachtsimbiss«, flüsterte ich, während ich mir den Nacken rieb. »Ich werde den Rest von Mr McCalls blöden Melonen auffuttern.«

Ich tat so, als ob ich mir den Mund voll stopfte und kaute. »M-mh! Lecker! Melone. Ich will noch mehr Melone!«

»Joe! Tu das lieber nicht!«, flüsterte Mindy alarmiert.

»He, ich mache doch nur Spaß«, sagte ich. »Buster heult draußen wie verrückt. Ich gehe raus, um ihn zu beruhigen.«

Mindy gähnte. »Wenn Mom und Dad dich dabei erwischen, dass du mitten in der Nacht hinausschleichst ...«

»Ich bin nur ein paar Minuten weg.« Ich trat hinaus. Die feuchte Nachtluft jagte mir einen kleinen Schauer über den Rücken. Ich blickte zum sternenlosen Nachthimmel empor.

Busters klägliches Heulen hinterm Haus schwoll an.

»Ich komm ja schon«, rief ich raunend. »Alles in Ordnung, alter Knabe.«

Busters Heulen sank zu leisem Winseln herab.

Ich trat einen Schritt vorwärts. Da raschelte etwas durchs Gras. Ich erstarrte und blinzelte in die Dunkelheit. Zwei kleine Gestalten trippelten an der Seitenfront des Hauses entlang. Sie huschten über den Garten und verschwanden in der Nacht.

Vermutlich Waschbären.

Waschbären?

Das war die Lösung! Waschbären mussten Mr McCalls Melone gefuttert haben. Am liebsten hätte ich Dad auf der Stelle aufgeweckt und es ihm gesagt, aber ich beschloss, damit bis zum Morgen zu warten.

Ich fühlte mich gleich viel besser, denn das bedeutete, dass Buster wieder von der Leine durfte. Ich ging zu Buster und hockte mich neben ihn ins taunasse Gras.

»Buster«, flüsterte ich. »Ich bin hier.«

Er schaute mich mit seinen großen braunen Augen traurig an. Ich schlang die Arme um seinen fellbedeckten Hals. »Du bleibst nicht mehr lange angebunden, Buster«, versprach ich ihm. »Du wirst schon sehen. Gleich morgen früh erzähle ich Dad von den Waschbären.«

Buster leckte mir dankbar die Hand. »Und morgen mach ich einen langen Spaziergang mit dir«, flüsterte ich. »Was hältst du davon, alter Knabe? Aber jetzt muss ich wieder schlafen gehen.«

Ich schlüpfte ins Haus zurück und hüpfte ins Bett. Ich fühlte mich gut. Ich hatte das Rätsel um die Melone gelöst. Unser Ärger mit Mr McCall ist vorüber, dachte ich.

Doch ich täuschte mich.

Der Ärger fing gerade erst an.

»Das glaub ich nicht! Das glaub ich einfach nicht!« Mr McCalls Geschrei zerriss die Morgenstille und holte mich unsanft aus tiefem Schlaf.

Ich rieb mir die Augen und warf einen Blick auf den Radiowecker. Sechs Uhr dreißig morgens.

Was hatte das Gebrüll zu bedeuten?

Ich sprang aus dem Bett und eilte die Treppe hinunter. Dabei gähnte ich und streckte mich. Mom, Dad und Mindy standen, noch in Schlafanzug und Morgenmantel, an der Haustür.

»Was ist denn los?«

»Es ist Bill!«, rief Dad. »Kommt mit!«

Wir drängten nach draußen und blickten in den Nachbargarten hinüber.

Mr McCall beugte sich in einem zerschlissenen blau-weiß-karierten Morgenmantel über sein Gemüsebeet. Er griff verzweifelt nach seinen Melonen und brüllte.

Mike und seine Mutter standen schweigend und mit aufgerissenen Augen hinter Mr McCall. Statt wie üblich freundlich zu lächeln, hatte Mikes Mom eine grimmige Miene aufgesetzt.

Mr McCall hob den Blick vom Beet. »Hinüber!«, donnerte er. »Die sind total hinüber!«

»Mannomann«, murmelte Dad. »Wir gehen besser rüber, Marion.« Er lief über den Rasen vorm Haus. Mom, Mindy und ich folgten ihm.

»Nimm's nicht so schwer, Bill«, sagte mein Dad, als er in Mr McCalls Vorgarten trat. »Es gibt nichts, was es wert wäre, so aus der Haut zu fahren.«

»Nicht so schwer? Ich soll's nicht so schwer nehmen?«, zeterte Mr McCall. Die Ader an seiner Stirn pochte.

Die Waschbären, dachte ich. Sie haben sich schon wieder über die Melonen hergemacht. Das muss ich unbedingt Dad sagen, jetzt gleich. Bevor Buster auch dafür verantwortlich gemacht wird.

Mr McCall drückte seine vier Melonen an sich. Sie hingen noch immer an der Pflanze.

»Ich bin rausgekommen, um meine Melonen zu wässern, und vorgefunden habe ich das … das …« Er war zu aufgebracht, um den Satz zu beenden. Wortlos hielt er uns die Melonen entgegen.

»O weia!«, schrie ich verblüfft.

Das konnte kein Waschbär getan haben.

Auf gar keinen Fall.

Jemand hatte einen dicken Filzstift genommen und auf jede der Melonen ein großes grinsendes Gesicht gekritzelt!

Meine Schwester schubste mich beiseite, um besser sehen zu können.

»Joe!«, kreischte sie. »Das ist ja entsetzlich. Wie *konntest* du nur?«

11

»Wovon redest du?«, wollte Mr McCall wissen.

»Allerdings, Mindy, wovon redest du?«, fragte Mom.

»Ich habe Joe dabei ertappt, wie er sich letzte Nacht hinausgeschlichen hat«, antwortete Mindy. »Mitten in der Nacht. Er hat mir selbst gesagt, dass er die übrigen Melonen kaputtmachen wolle.«

Alle wandten sich mir zu und sahen mich voller Entsetzen an. Sogar Mike, mein bester Freund. Mr McCalls Gesicht war schon wieder so rot wie eine Tomate. Ich sah, wie er seine Fäuste ballte und öffnete, ballte und öffnete.

Alle starrten mich in schockiertem Schweigen an. Die grinsenden Gesichter auf den Melonen starrten mich ebenfalls an.

»Aber ... aber ... aber ...«, stammelte ich.

Bevor ich antworten konnte, explodierte Dad. »Joe, ich denke, du schuldest uns allen eine Erklärung. Was hast du mitten in der Nacht draußen getan?«

Ich fühlte, wie mein Gesicht vor Wut rot anlief und heiß wurde. »Ich bin rausgegangen, um Buster zu beruhigen«, sagte ich standhaft. »Er hat geheult. Die Melonen habe ich überhaupt nicht angefasst. So etwas würde ich nie tun. Es war nur ein Witz, als ich zu Mindy sagte, dass ich die Melonen kaputtmachen wolle!«

»Du hast für eine Woche Hausarrest!«, rief mein Dad zornig. »Und das ist *kein* Witz!«

»Aber, Dad...!«, setzte ich mich zur Wehr. »Ich habe die Melonen nicht voll gekritzelt!«

»Das macht zwei Wochen Hausarrest!«, fuhr er mich an. »Und ich finde, du solltest den ganzen Monat über Mr McCalls Rasen mähen und gießen. Als Entschuldigung.«

»O nein, Jeffrey«, unterbrach Mr McCall ihn. »Ich möchte deinen Sohn – und deinen Hund – nie wieder in meinem Garten sehen. Nie wieder!«

Er strich mit seinen dicken Fingern über die Melonen, um die hässliche schwarze Schmiererei abzuwischen. »Ich hoffe, das geht ab«, murrte er. »Denn wenn es das nicht tut, Jeffrey, dann verklage ich dich. Glaub mir, das tue ich wirklich.«

Zwei Stunden nach dem Melonenunglück lag ich in meinem Zimmer auf dem Boden. Hausarrest. Und nichts zu tun.

Ich konnte nicht einmal mit Buster hinterm Haus spielen, denn draußen waren die Maler bei der Arbeit.

Also blieb ich auf meinem Zimmer und las alle meine *Superman*-Comics noch einmal.

Ich bestellte mir für fünf Dollar aus einem Katalog eine Dose Gummikotze. Das war der größte Teil meines wöchentlichen Taschengeldes. Anschließend stahl ich mich in Mindys Zimmer und brachte die Klamotten in ihrem Schrank durcheinander, bis keine einzige Farbe mehr in die Regenbogenordnung passte.

Als ich damit fertig war, war es immer noch nicht Mittag.

Was für ein absolut langweiliger Tag, dachte ich, als ich die Treppe hinunterstieg.

»Gib mir bitte das Gelb«, schallte Mindys Stimme aus dem Wohnzimmer.

Ich schlich zur Tür und spähte hinein. Mindy und ihre beste Freundin Heidi saßen im Schneidersitz auf dem Boden. Sie verschönerten T-Shirts mit Stofffarbe.

Heidi ist beinahe genauso nervig wie Mindy. Irgendetwas stört sie immer. Mal ist ihr zu kalt, mal ist ihr zu heiß. Oder sie hat Magenschmerzen. Oder ihre Schnürsenkel sind zu straff zugebunden.

Schweigend sah ich den beiden Mädchen bei der Arbeit zu. Heidi malte gerade einer großen violetten Katze ein silbernes Halsband.

Mindy beugte sich konzentriert vor und zeichnete die Umrisse einer gelben Blume auf ein T-Shirt.

Ich sprang ins Zimmer und brüllte: »Buh!«.

»Aah!«, kreischte Heidi.

Mindy schoss erschrocken in die Höhe und kleckste sich dabei einen großen gelben Fleck auf ihre roten

Shorts. »Du Idiot!«, rief sie. »Schau, was du angerichtet hast!«

Sie kratzte mit den Fingernägeln an der Farbe. »Verzieh dich, Joe«, befahl sie. »Wir sind beschäftigt.«

»Ich aber nicht«, entgegnete ich. »Und das habe ich nur dir zu verdanken, du Petze.«

»Es war doch *deine* schlaue Idee, den Melonen Gesichter aufzumalen«, knurrte sie. »Nicht meine.«

»Ich war es aber nicht!«, verteidigte ich mich.

Mindy zählte die Beweise an den Fingern ab. »Du warst mitten in der Nacht auf. Du bist in den Garten gegangen. Und du hast mir erzählt, dass du die restlichen Melonen zerstören wolltest.«

»Das war ein Scherz!«, rief ich aufgebracht. »Weißt du nicht, was ein Scherz ist? Vielleicht solltest du versuchen, auch mal einen zu machen.«

Heidi breitete die Arme aus. »Mir ist heiß«, sagte sie. »Wieso gehen wir nicht ins Schwimmbad? Die T-Shirts können wir auch später fertig machen.«

Mindy richtete den Blick auf mich. »Joe, willst du nicht mit uns kommen?«, fragte sie mit zuckersüßer Stimme. »Ach je, ich hab ja ganz vergessen, dass du Hausarrest hast.« Dann lachte sie schallend los.

Ich drehte mich um und ließ die beiden Mädchen im Wohnzimmer allein. Ich muss irgendwie aus dem Haus raus, dachte ich.

Ich spazierte in die Küche. Mom und einer der Maler standen nebeneinander an der Anrichte und sahen sich gemeinsam Farbmuster an.

»Für die Zierränder hätten wir gerne Onyxschwarz, nicht dieses Pechschwarz«, informierte sie ihn und klopfte dabei auf die Musterkarten. »Ich glaube, Sie haben die falsche Farbe mitgebracht.«

Ich zupfte sie am Ärmel. »Mom, Buster kommt vor Langeweile um. Kann ich mit ihm Gassi gehen?«

»Natürlich nicht«, antwortete sie rasch. »Du hast Hausarrest.«

»Bitte«, bettelte ich. »Buster braucht dringend Auslauf. Und vom Geruch der Farbe wird mir übel.« Ich hielt mir den Bauch und machte würgende Geräusche.

Der Maler trat ungeduldig von einem Bein aufs andere. »Also gut, also gut«, sagte Mom. »Geh mit dem Hund spazieren.«

»Super! Danke, Mom!«, schrie ich und rannte zur Küchentür hinaus zu Buster. »Gute Neuigkeiten, Buster«, rief ich. »Wir sind frei!«

Buster wedelte mit seinem stummeligen Schwanz. Ich löste das lange Seil und befestige eine kurze Leine an seinem Halsband.

Wir gingen etwa drei Kilometer, den ganzen Weg bis zum Buttermilchteich. Das ist unser Lieblingsplatz zum Stöckchenwerfen.

Ich schleuderte einen dicken Stock ins Wasser, worauf Buster plantschend in den kalten Weiher lief und ihn herausholte. Das wiederholten wir wieder und wieder, bis es drei Uhr nachmittags war. Zeit, nach Hause zu gehen.

Auf dem Rückweg hielten wir bei der Eisdiele *Creamy Cow* an. Dort gibt es das beste Eis in der ganzen Stadt.

Vom letzten Rest meines Taschengeldes spendierte ich uns beiden je eine Riesenwaffel Schokoladeneis mit Schokosplittern. Buster schmeckte das Eis, aber die Schokosplitter verstreute er über den Bürgersteig.

Nachdem wir das Eis aufgegessen hatten, setzten wir den Nachhauseweg fort. Buster zerrte aufgeregt an der Leine, als wir die Einfahrt entlangspazierten. Er schien sich richtig zu freuen, wieder zurück zu sein.

Er zog mich in den Vorgarten und beschnüffelte alles. Die Immergrünbüsche. Die Flamingos. Das Reh. Die Gartenzwerge.

Die Gartenzwerge.

Hatte sich an den Zwergen irgendetwas verändert?

Ich ließ Busters Leine fallen und bückte mich, um sie genauer zu betrachten.

Ich sah mir ihre dicken kleinen Hände an. Was waren das für dunkle Flecken an ihren Fingerspitzen? Erde?

Ich rieb über ihre plumpen Finger, doch die Flecken blieben.

Nein. Erde war es nicht.

Ich bückte mich näher zu ihnen heran.

Es war Farbe. Schwarze Farbe.

12

Schwarze Farbe. Die gleiche Farbe wie die der grinsenden Gesichter auf Mr McCalls Melonen!

Ich schluckte. Was ist hier bloß los?, fragte ich mich. Wie war es möglich, dass die Gartenzwerge Farbe an den Händen hatten?

Das muss ich jemandem zeigen, beschloss ich.

Mom! Sie war im Haus. Sie würde mir helfen, alles aufzuklären.

Als ich an die Haustür kam, hörte ich ein Scharren aus Mr McCalls Garten.

»Buster! Nein!«, schrie ich.

Buster umkreiste Mr McCalls Gemüsebeet, die Leine schleifte er hinter sich her.

Rasch schob ich die Hand unter mein T-Shirt, zerrte die Hundepfeife hervor und blies kräftig hinein.

Buster kam augenblicklich zu mir getrottet.

»Guter Junge!«, rief ich erleichtert und drohte ihm dann mit dem Finger. Ich musste jetzt streng mit ihm sein.

»Buster, wenn du nicht angebunden werden willst, musst du von diesem Garten wegbleiben!«

Buster leckte mir mit seiner langen, feuchten Zunge über den Finger. Anschließend drehte er sich um, um die Zwerge abzuschlecken. Ich sah zu, wie er sie vom Kopf bis zu den Füßen voll sabberte.

»O nein!«, schrie ich. »Nicht schon wieder!«

Robby und Tobby hatten den Mund weit aufgerissen. Ihre Gesichter zeigten denselben entsetzten Ausdruck, den ich schon einmal bei ihnen gesehen hatte. So, als ob sie zu schreien versuchten.

Ich kniff die Augen zu und öffnete sie dann ganz langsam wieder.

Die entsetzten Mienen waren geblieben.

Was ging da vor sich? Fürchteten sich die Gartenzwerge vor Buster? War ich drauf und dran überzuschnappen?

Mir zitterten die Hände, als ich Buster rasch wieder am Baum anleinte. Dann rannte ich ins Haus, um Mom zu suchen.

»Mom! Mom!«, rief ich ganz außer Atem. Ich fand sie oben in ihrem Büro. »Du musst mit mir unbedingt nach draußen kommen! Sofort!«

Mom, die vor ihrem Computer saß, fuhr zu mir herum. »Was ist los?«, wollte sie wissen.

»Es geht um die Zwerge!«, schrie ich. »Sie haben

schwarze Farbe an den Händen. Und sie grinsen nicht mehr. Komm mit raus, dann wirst du's sehen!«

Mom schob ihren Stuhl bedächtig vom Computer zurück. »Joe, wenn das wieder einer deiner Scherze ist …«

»Bitte, Mom. Es dauert nur eine Sekunde. Es ist kein Scherz. Wirklich!«

Mom stieg vor mir die Treppe hinunter. An der Haustür blieb sie stehen und schaute von dort aus zu den Zwergen hinüber.

»Siehst du?«, schrie ich. Ich war hinter ihr stehen geblieben. »Ich hab's dir doch gesagt! Guck dir ihre Gesichter an. Sie sehen aus, als ob sie schreien würden!«

Mom kniff die Augen zusammen. »Joe, jetzt halt aber mal die Luft an. Wieso hast du mich von meiner Arbeit weggeholt? Sie grinsen so doof wie immer.«

»Was?«, keuchte ich. Ich rannte hinaus und glotzte die Gartenzwerge an.

Sie starrten mich ebenfalls an. Grinsend.

»Joe, es wäre mir wirklich lieb, wenn du mit diesen blöden Zwergenspäßen aufhören würdest«, sagte Mom schneidend. »Das ist nicht komisch, überhaupt nicht komisch.«

»Aber schau dir doch mal die Farbe an ihren Fingern an!«

»Das ist nur Schmutz«, sagte sie ungeduldig. »Bitte, verzieh dich in irgendeine Ecke und lies ein Buch. Oder räum dein Zimmer auf. Such dir irgendeine Beschäftigung. Du machst mich sonst noch verrückt!«

Ich setzte mich ins Gras. Alleine. Um zu überlegen.

Ich dachte an den Melonenkern, der an der Lippe des einen Zwerges geklebt hatte. Ich rief mir ins Gedächtnis, wann ihr Gesicht zum ersten Mal schreckverzerrt gewesen war. Auch damals hatte Buster sie abgeschleckt.

Und jetzt hatten sie Farbe an den Fingern.

Es fügte sich alles zusammen.

Die Zwerge sind lebendig, entschied ich. Und sie stellen schreckliche Dinge in Mr McCalls Garten an.

Die Gartenzwerge? Stellen schreckliche Dinge an? Ich war wohl gerade dabei, den Verstand zu verlieren.

Plötzlich fühlte ich mich gar nicht gut. Nichts machte einen Sinn.

Ich stand auf, um ins Haus zu gehen.

Da hörte ich plötzlich ein Wispern.

Zu meinen Füßen.

»Das ist nicht komisch, Joe«, flüsterte Robby.

»Überhaupt nicht komisch«, krächzte Tobby.

13

Soll ich Mom und Dad erzählen, was ich gehört habe?, fragte ich mich, als wir später am selben Tag zu Abend aßen.

»Wie war euer Tag?«, fragte Dad fröhlich und schaufelte sich Erbsen auf den Teller.

Sie würden es mir ja doch nicht glauben.

»Heidi und ich sind mit dem Fahrrad ins Schwimmbad gefahren«, meldete sich Mindy zu Wort. Sie formte einen kleinen Berg Tunfischkasserolle auf ihrem Teller zu einem sauberen Quadrat und schnippte eine verirrte Erbse beiseite. »Aber Heidi bekam einen Krampf im Bein, deshalb haben wir uns hauptsächlich gesonnt.«

Ich muss es ihnen erzählen.

»Ich habe heute Nachmittag etwas ganz Merkwürdiges gehört«, platzte ich heraus. »Etwas wirklich Merkwürdiges.«

»Du hast mich unterbrochen!«, sagte Mindy bissig. Sie tupfte sich den Mund sorgfältig mit ihrer Serviette ab.

»Aber es ist wichtig!«, rief ich aufgeregt. Während ich weiterredete, riss ich nervös meine Serviette in kleine Fetzen. »Ich war im Vorgarten, ganz alleine. Und da habe ich ein Flüstern gehört.«

Ich ließ meine Stimme tief und barsch klingen. »Stimmen sagten: ›Das ist nicht komisch, Joe. Überhaupt nicht komisch.‹ Ich habe keine Ahnung, wer das gesagt haben könnte. Es war nämlich niemand da. Ich … ähm … denke, es waren die Gartenzwerge.«

Mom knallte ihr Limonadenglas auf den Tisch. »Es reicht mit diesen Zwergenspäßen!«, sagte sie heftig. »Niemand findet sie komisch, Joe.«

»Aber es ist wahr!«, rief ich und knüllte meine Serviette zusammen. »Ich habe die Stimmen wirklich gehört!«

Mindy lachte höhnisch auf. »Du bist so einfallslos«, sagte sie. »Gibst du mir mal bitte das Brot rüber, Dad?«

»Aber klar, mein Schatz«, antwortete Dad und reichte ihr die Holzplatte mit den Brötchen.

Und damit war die Sache erledigt.

Nach dem Abendessen fragte mich Dad, ob ich ihm helfe die Tomaten zu gießen.

»Okay«, antwortete ich mit einem Achselzucken. Mir war egal, was ich machte, Hauptsache, ich kam aus dem Haus raus.

»Soll ich das *Schluss-mit-dem-Ungeziefer*-Spray holen?«, fragte ich ihn, als wir nach draußen gingen.

»Nein!«, keuchte er plötzlich. Und dann noch einmal: »Nein!« Er wurde bleich wie ein Gespenst.

»Was ist los, Dad? Was ist denn?«

Er deutete stumm auf das Tomatenbeet.

»Ohhh«, stöhnte ich. »O nein!«

Unsere wunderschönen roten Tomaten waren zerquetscht, zermanscht und zerstückelt worden – überall lagen Kerne und breiiges rotes Fruchtfleisch herum.

Dad starrte die zerstörten Tomaten mit aufgerissenem Mund an und ballte die Fäuste. »Wer tut bloß so etwas Grässliches?«, seufzte er.

Mein Herz begann zu hämmern und mein Puls raste.

Ich kannte die Wahrheit. Und nun würden mir endlich alle glauben müssen.

»Das waren die Gartenzwerge, Dad!« Ich packte ihn am Hemdsärmel und zog ihn zum Vorgarten. »Glaub mir! Ich werde es dir beweisen!«

»Joe, lass mich los. Jetzt ist nicht der Augenblick für irgendwelche Scherze. Ist dir nicht klar, dass wir damit aus der Gartenschau raus sind? Unsere Chance auf das blaue Band ist beim Teufel! Oder auf irgendein anderes Band, um genau zu sein.«

»Du musst mir glauben, Dad. Bitte komm mit.« Ich hielt noch immer Dads Ärmel fest.

Während ich ihn hinter mir herzog, fragte ich mich, was wir wohl entdecken würden.

Blutroten Tomatensaft, überall auf ihren hässlichen Gesichtern verschmiert?

Matschiges Fruchtfleisch an ihren dicken winzigen Fingern?

Hunderte von Kernen an ihren unheimlichen kleinen Füßen?

Wir näherten uns den Zwergen.

Mit zusammengekniffenen Augen fixierte ich die grässlichen Gestalten.

Endlich standen wir vor ihnen.

Und ich konnte einfach nicht glauben, was wir fanden.

14

Nichts.

Keinen Saft.

Kein Fruchtfleisch.

Keinen einzigen Tomatenkern. Nicht einen.

Verzweifelt suchte ich sie am ganzen Körper auf irgendwelche Spuren ab, von den hässlichen grinsenden Gesichtern bis zu den widerlichen stummeligen Zehen.

Nichts.

Wie konnte ich mich nur so geirrt haben? Mein Magen drehte sich um, als ich mich zu meinem Dad umwandte.

»Dad …«, begann ich mit bebender Stimme.

Dad schnitt mir mit einer wütenden Handbewegung das Wort ab. »Hier gibt es nichts zu sehen, Joe«, schimpfte er. »Ich will kein Wort mehr über die Zwerge hören. Hast du verstanden? Kein einziges Wort mehr!«

Seine braunen Augen funkelten zornig. »Ich weiß, wer für das hier verantwortlich ist!«, sagte er grimmig. »Aber das wird er mir büßen!«

Er wirbelte herum und stiefelte in den Garten hinterm Haus zurück, wo er eine Hand voll zermanschter Tomaten aufhob. Saft tropfte zwischen seinen Fingern hindurch, als er ums Haus herum und nach nebenan stürmte.

Ich beobachtete, wie Dad die Stufen zum Haus der McCalls hinaufmarschierte und Sturm klingelte. Noch bevor die Tür geöffnet wurde, brüllte er schon los: »Bill! Komm raus, aber sofort!«

Ich stellte mich geduckt hinter Dad. Ich hatte ihn noch nie zuvor so wütend erlebt.

Ich hörte, wie aufgeschlossen wurde. Die Tür schwang auf und da stand Mr McCall in einem weißen Jogging-Anzug. Er hatte ein angebissenes Schweinekotelett in der Hand.

»Jeffrey, wieso brüllst du so? Bei dem Lärm kann ja kein Mensch in Ruhe verdauen.« Er kicherte.

»Nun, dann sieh zu, wie du das hier verdaust!«, schrie

Dad, holte mit der Hand aus und schleuderte die zermanschten Tomaten auf Mr McCall.

Sie platschten auf Mr McCalls weißes T-Shirt und tropften auf seine weiße Jogginghose hinab. Ein Teil des Breis landete auf seinen sauberen weißen Turnschuhen.

Mr McCall glotzte völlig ungläubig auf seine Klamotten hinab. »Bist du irre?«, brüllte er.

»Nein, aber du!«, zeterte mein Vater. »Wie konntest du mir das antun? Nur wegen des blöden blauen Bandes!«

»Wovon redest du überhaupt?«, schrie Mr McCall.

»Ah, ich verstehe. Jetzt spielst du den Unschuldsengel. Du tust so, als ob du keine Ahnung hättest. Aber damit kommst du bei mir nicht durch.«

Mr McCall stampfte zur Tür heraus und pflanzte sich nur zwei, drei Zentimeter vor Dad auf. Er blähte seinen breiten Brustkasten auf und beugte sich drohend auf meinen Vater zu.

»Ich habe deine lausigen Tomaten nicht angerührt!«, donnerte er. »Du Jammerlappen! Wahrscheinlich hast du die Tomaten, für die du im letzten Jahr das blaue Band bekommen hast, *gekauft*.«

Dad schüttelte wütend die Faust, während Mr McCall ihn zornig anfunkelte. »Meine Tomaten waren die besten auf der Gartenschau! Neben meinen haben deine wie Rosinen ausgesehen! Und überhaupt, hat man jemals gehört, dass jemand in Minnesota Kassabas anbaut? Du wirst die Lachnummer der Gartenschau sein!«

Ich schauderte am ganzen Körper. Jeden Moment werden sie sich prügeln, dachte ich. Und Mr McCall wird meinen Dad zerquetschen.

»Lachnummer?«, knurrte Mr McCall. »*Du* bist die Lachnummer, du und deine sauren Tomaten. Und dieser lächerliche Gartennippes! Und jetzt verschwinde, bevor ich ernsthaft die Beherrschung verliere!«

Mr McCall stampfte zur Haustür zurück. Dort drehte er sich noch einmal um und sagte: »Ich will meinen Sohn nicht mehr mit Joe zusammen sehen! Wahrscheinlich hat dein Sohn deine Tomaten zermanscht. So, wie er meine Melonen zerstört hat!«

Er verschwand in seinem Haus und knallte die Tür so heftig zu, dass die Veranda bebte.

In dieser Nacht wälzte ich mich stundenlang im Bett hin und her. In meinem Kopf schwirrten alle möglichen Bilder herum: auf Melonen gezeichnete Gesichter, zerquetschte Tomaten, tuschelnde Gartenzwerge. Ich konnte an nichts anderes mehr denken.

Mitternacht war längst vorbei, aber ich konnte noch immer nicht einschlafen. Die Zwerge mit ihrem anzüglichen Grinsen tanzten vor meinen Augen.

Sie lachten. Sie lachten mich aus.

Plötzlich kam es mir im Zimmer heiß und stickig vor. Ich strampelte das dünne Laken beiseite, das meine Beine bedeckte, aber es war immer noch zu heiß.

Ich sprang aus dem Bett und riss das Fenster weit auf. Warme, feuchte Luft wehte herein.

Ich legte die Arme aufs Fensterbrett und schaute in die Dunkelheit hinaus. Die Nacht war trübe. Dichter grauer Nebel hing über dem Vorgarten. Trotz der Hitze fühlte ich, wie mir ein kalter Schauer über den Rücken lief. Ich hatte es noch nie so neblig erlebt.

Die Nebelschwaden zogen träge weiter. Als der Nebel stellenweise aufriss, kam der Engel zum Vorschein. Dann der Seehund. Die Stinktiere. Die Schwäne. Etwas Rosafarbenes blitzte auf – die Flamingos.

Und dort stand das Reh.

Allein.

Ganz allein.

Die Zwerge waren fort.

15

»Mom! Dad!«, schrie ich und rannte in ihr Schlafzimmer. »Wacht auf! Die Gartenzwerge sind verschwunden!«

Mom schoss kerzengerade in die Höhe. »Was? Was ist los?«

Dad rührte sich nicht.

»Die Zwerge!«, rief ich und rüttelte Dad an der Schulter. »Wach auf!«

Mein Vater öffnete ein Auge und blinzelte mich an. »Wie spät ist es?«, murmelte er.

»Steh auf, Dad!«, bettelte ich.

Mom stöhnte, als sie die Lampe neben dem Bett anknipste. »Joe, es ist schrecklich spät. Wieso weckst du uns auf?«

»Sie sind … sie sind fort!«, stotterte ich. »Sie sind verschwunden. Ich mache keine Scherze. Ehrlich nicht.«

Meine Eltern tauschten einen Blick aus, dann funkelten sie mich wütend an. »Es reicht!«, schrie Mom. »Wir haben deine Scherze endgültig satt. Es ist mitten in der Nacht und du verschwindest jetzt bitte ins Bett!«

»Und zwar sofort!«, fügte Dad streng hinzu. »Jetzt haben wir aber wirklich genug von diesem Unsinn. Wir beide müssen uns mal ernsthaft unterhalten. Gleich morgen früh.«

»Aber … aber … aber …«, stammelte ich.

»Jetzt geh endlich!«, schrie Dad.

Rückwärts ging ich langsam aus dem Zimmer und stolperte dabei über einen Hausschuh.

Eigentlich hätte mir klar sein müssen, dass sie mir nicht glauben würden. Aber irgendjemand *musste* mir glauben. Irgendjemand musste mir einfach glauben.

Ich lief den dunklen Flur entlang zu Mindys Zimmer. Als ich auf ihr Bett zutrat, hörte ich das leise pfeifende Geräusch, das sie immer von sich gibt, wenn sie auf dem Rücken liegt. Sie schlief tief und fest.

Einen Moment lang schaute ich sie an. Sollte ich sie aufwecken? Würde *sie* mir glauben?

Ich tätschelte ihr leicht auf die Wange. »Mindy, wach auf«, flüsterte ich.

Nichts. Keine Reaktion.

Noch einmal rief ich ihren Namen, diesmal ein bisschen lauter.

Langsam schlug sie die Augen auf. »Joe?«, fragte sie schlaftrunken.

»Steh auf! Schnell!«, raunte ich. »Das musst du sehen!«

»Was muss ich sehen?«, sagte sie stöhnend.

»Die Zwerge. Die Gartenzwerge sind verschwunden!«, rief ich aufgeregt. »Ich glaube, sie sind davongelaufen! Bitte, steh auf. Bitte.«

»Die Zwerge?«, murmelte sie.

»Komm schon, Mindy. Steh auf«, bettelte ich. »Das ist ein Notfall!«

Mindy riss die Augen weit auf. »Ein Notfall? Was? Was denn für ein Notfall?«

»Die Zwerge. Sie sind verschwunden. Du musst mit mir nach draußen kommen.«

»*Das* ist der Notfall?«, kreischte sie. »Bist du plemplem? Ich werde nirgends mit dir hingehen. Du bist verrückt, Joe, aber völlig.«

»Aber, Mindy ...«

»Hör auf, mich zu nerven. Ich möchte jetzt schlafen.« Mit diesen Worten schloss sie die Augen und zog sich das Laken über den Kopf.

Ratlos stand ich im dunklen, stillen Zimmer.

Niemand wollte mir glauben. Keiner wollte mit mir kommen. Was sollte ich tun?

Ich malte mir aus, wie die Zwerge alles ausrupften, was wir noch an Gemüse im Garten hatten. Wie sie die Süßkartoffeln aus der Erde rissen und die Kürbisse zerschlugen. Und wie sie als Nachspeise Mr McCalls Melonen mampften!

Mir war klar, dass ich etwas unternehmen musste. Sofort!

Ich lief aus Mindys Zimmer und rannte die Treppe hinunter. Unten angekommen riss ich die Haustür auf und spurtete hinaus.

Hinaus in den düsteren Nebel.

Sogleich wurde ich von dichten Nebelschwaden verschluckt.

Es war so dunkel und dunstig, dass ich kaum etwas sehen konnte. Ich hatte das Gefühl, mich durch einen dunklen Traum zu bewegen, durch einen grau-schwarzen Albtraum. Ich sah nur Schatten, nichts als Schatten.

Zentimeter für Zentimeter tastete ich mich vorwärts, bewegte mich, als befände ich mich unter Wasser. Das Gras fühlte sich nass unter meinen nackten Füßen an. Doch selbst meine eigenen Füße konnte ich durch die dichte Nebeldecke hindurch nicht sehen.

Überall waren Schatten, die sich bewegten. Es war still. Unheimlich still.

Ich drang tiefer in den Nebel ein. Inzwischen hatte ich völlig die Orientierung verloren. Steuerte ich auf die Straße zu?

»Ahhh!«, schrie ich, als mich plötzlich etwas am Knöchel packte.

Verzweifelt strampelte ich mit dem Bein und versuchte, mich loszureißen.

Doch ich wurde eisern festgehalten.

Und nach unten gezogen.

Hinunter in die wirbelnde Dunkelheit.

Eine Schlange.

Nein, keine Schlange. Es war der Gartenschlauch. Ich

hatte am Abend vergessen, ihn aufzurollen, als ich mit dem Rasensprengen fertig war.

Krieg dich wieder ein, Joe, sagte ich zu mir. Du musst dich beruhigen.

Ich befreite mich und taumelte weiter. Angestrengt blinzelte ich in die Dunkelheit und bemühte mich, den Weg zu erkennen. Schattenhafte Gestalten schienen nach mir zu greifen, auf mich zuzukommen.

Am liebsten wäre ich umgekehrt und ins Haus zurückgegangen. Und hätte mich in mein schönes warmes Bett gelegt.

Ja, das sollte ich tun, entschied ich.

Bedächtig wandte ich mich um.

Da hörte ich ein Schlurfen. Leise Schritte. Ganz in der Nähe.

Ich lauschte aufmerksam.

Und hörte die Schritte wieder. Sie waren so leicht wie der Nebel.

Ich atmete jetzt schnell. Mein Herz hämmerte. Meine nackten Füße waren kalt und nass. Die Feuchtigkeit stieg meine Beine hinauf und ich zitterte am ganzen Leib.

Plötzlich vernahm ich ein raues Kichern. War das ein Zwerg?

Ich wollte mich umdrehen, wollte ihn in der wogenden Dunkelheit entdecken.

Doch da packte er mich von hinten, umschlang fest meine Hüften

Und mit einem trockenen, bösartigen Lachen warf er mich zu Boden!

16

Als ich auf dem nassen Boden landete, hörte ich das leise, bösartige Lachen wieder.

Und ich erkannte es.

»Mike?«

»Ich hab dir einen ordentlichen Schrecken eingejagt!«, murmelte er und half mir auf die Beine. Trotz des Nebels konnte ich das breite Grinsen auf seinem Gesicht sehen.

»Mike – was tust du hier draußen?«, brachte ich mit Mühe hervor.

»Ich konnte nicht einschlafen, weil ich ständig irgendwelche merkwürdigen Geräusche gehört habe. Also habe ich in den Nebel hinausgestarrt – und da habe ich dich gesehen. Was tust *du* hier draußen, Joe? Willst du etwa wieder was anstellen?«

Ich wischte mir die nassen Grashalme von den Händen. »Nein, ich habe nichts angestellt«, erklärte ich ihm. »Du musst mir glauben. Schau – die zwei Gartenzwerge sind fort.«

Ich deutete auf das Reh. Mike konnte sehen, dass die Zwerge nicht auf ihren Plätzen standen.

Er starrte eine ganze Weile hin. »Das ist ein Trick, stimmt's?«

»Nein. Es ist wirklich so. Ich muss sie finden.«

Mike sah mich stirnrunzelnd an. »Was hast du getan – die hässlichen kleinen Ungeheuer versteckt? Wo sind sie? Komm schon, sag's mir!«

»Ich hab sie nicht versteckt«, sagte ich nachdrücklich.

»Sag's mir«, wiederholte er, beugte sich zu mir und brachte sein Gesicht dicht vor meines. »Oder du wirst die berüchtigten zehn Foltern erleiden!«

Mike stieß mir mit seinen gewaltigen Händen so heftig vor die Brust, dass ich rückwärts fiel und wieder im nassen Gras landete. Er ließ sich auf meinem Bauch nieder und presste meine Arme auf den Boden.

»Sag's mir!«, sagte Mike. »Sag mir, wo sie sind!« Dann hopste er auf mir auf und nieder.

»Hör auf!«, keuchte ich. »Stopp!«

Er hörte auf, weil in unseren Häusern das Licht anging.

»O je«, flüsterte ich. »Jetzt stecken wir mächtig in Schwierigkeiten.«

Ich hörte, wie auf meiner Seite die Haustür aufgerissen wurde. Eine Sekunde später ging auch drüben bei Mike die Tür auf.

Wir erstarrten. »Sei bloß still«, flüsterte ich. »Vielleicht sehen sie uns nicht.«

»Wer ist da draußen?«, rief mein Vater.

»Was ist da los, Jeffrey?«, hörte ich Mr McCall schreien. »Was ist das für ein Lärm da draußen?«

»Ich weiß es nicht«, antwortete mein Dad. »Ich dachte, dass Joe vielleicht ...« Er verstummte.

Hier sind wir sicher, dachte ich. Nebel verbirgt uns.

Da hörte ich ein leises Klicken und der lange, dünne Strahl einer Taschenlampe wanderte durch den Garten. Er erfasste Mike und mich.

»Joe!«, brüllte Dad. »Was machst du da draußen? Wieso hast du mir nicht geantwortet?«

»Mike!«, schrie Mr McCall mit tiefer, zorniger Stimme. »Komm rein, aber ein bisschen plötzlich!«

Sofort stand Mike auf und rannte ins Haus.

Zum zweiten Mal in dieser Nacht rappelte ich mich aus dem Gras hoch und trottete wie ein begossener Pudel ins Haus.

Dad verschränkte die Arme fest vor der Brust. »Du hast uns heute Nacht zweimal aufgeweckt! Und du bist schon wieder mitten in der Nacht draußen! Was ist bloß los mit dir?«

»Hör zu, Dad, ich bin nur rausgegangen, weil die Zwerge verschwunden sind! Überzeug dich selbst davon«, bat ich. »Dann wirst du es sehen!«

Mein Vater funkelte mich mit zusammengekniffenen Augen an. »Diese Zwergengeschichten geraten allmählich außer Kontrolle!«, sagte er wütend. »Ich habe genug davon! Geh jetzt sofort nach oben, bevor ich dir noch für den ganzen Sommer Hausarrest gebe!«

»Dad, bitte! Mir war in meinem ganzen Leben noch nie etwas so ernst. Bitte sieh selbst nach«, flehte ich. »Bitte. Bitte. Bitte!« Und dann fügte ich hinzu: »Ich werde dich danach nie wieder um etwas bitten.«

Ich schätze, das war's, was ihn überzeugte.

»Also gut«, sagte er und seufzte müde. »Aber wenn das wieder ein Scherz sein sollte…«

Mein Vater trat ans Wohnzimmerfenster und spähte hinaus in den wirbelnden Nebel.

Bitte, lass die Zwerge noch immer verschwunden sein!, betete ich stumm. *Bitte lass Dad sehen, dass ich die Wahrheit sage. Bitte…*

17

»Joe, du hast Recht!«, stellte mein Vater fest. »Die Zwerge sind wirklich verschwunden!«

Er glaubt mir! Endlich! Freudig hüpfte ich auf und ab und stieß die Fäuste in die Luft. »Ja!«, jubelte ich.

Dad wischte mit dem Ärmel seine Schlafanzuges über die beschlagene Fensterscheibe und spähte noch einmal in den Garten hinaus.

»Siehst du, Dad! Siehst du!«, rief ich glücklich. »Ich habe die Wahrheit gesagt. Es war kein Scherz.«

»Hmmm. Lilah ist aber auch nicht da«, sagte er leise.

»Was?«, keuchte ich, während ich das Gefühl hatte, als ob sich mein Magen umdrehte. »Doch, das Reh ist da! Ich hab's gesehen!«

»Einen Moment mal«, murmelte Dad. »Ahhh, da ist es! Es war im Nebel verborgen. Und die Zwerge – da sind sie! Sie sind ebenfalls da. Sie waren nur vom Nebel verhüllt. Siehst du?«

Ich blickte zum Fenster hinaus. Zwei spitze Mützen lugten aus dem Nebel hervor. Dunkel und schweigend standen die beiden Zwerge auf ihren Plätzen.

»Neeeiiin!«, stöhnte ich. »Ich weiß aber ganz sicher, dass sie bis eben nicht da waren. Ich mache keine Scherze, Dad. Ganz bestimmt nicht!«

»Der Nebel kann einem Streiche spielen«, sagte Dad. »Ich bin einmal durch eine richtig dicke Nebelsuppe gefahren. Da habe ich durch die Windschutzscheibe etwas sehr Seltsames entdeckt. Es glänzte und war rund und schwebte irgendwie in der Luft. Junge, Junge, dachte ich. Ein UFO! Eine fliegende Untertasse! Ich konnte es kaum glauben!«

Dad klopfte mir auf den Rücken. »Nun, es stellte sich heraus, dass mein UFO ein silberner Ballon war, der an eine Parkuhr gebunden war. So viel dazu, Joe. Und jetzt zurück zu diesem Zwergenproblem.« Dads Gesicht wurde streng. »Ich will ab jetzt keine verrückten Geschichten mehr hören. Das sind nur Gartenzwerge, weiter nichts. Okay? Kein Wort mehr von ihnen. Versprochen?«

Was blieb mir schon anderes übrig? »Versprochen«, murmelte ich.

Dann schleppte ich mich die Treppe hinauf und ins Bett.

Was für ein fürchterlicher Tag – und was für eine Nacht. Mein Vater hielt mich für einen Lügner, unsere Tomaten waren hinüber und Mike durfte sich nicht mehr mit mir blicken lassen.

Was sollte jetzt noch Schlimmeres passieren?

Am nächsten Morgen wachte ich mit einem drückenden Gefühl im Magen auf. So, als hätte ich eine Zementkugel verschluckt.

Alles, woran ich denken konnte, waren die Zwerge.

Diese schrecklichen Zwerge. Sie ruinierten mir den Sommer. Sie zerstörten mein ganzes Leben!

Vergiss sie, Joe, sagte ich mir. Vergiss sie einfach.

Jedenfalls musste der heutige Tag besser werden als der gestrige. Schlimmer konnte es sicher nicht mehr kommen.

Ich spähte zum Fenster hinaus. Alle Spuren des Nebels waren von der strahlenden Sonne verbannt worden. Buster schlief friedlich im Gras. Das lange weiße Seil, an dem er festgebunden war, schlängelte sich durch den Garten.

Ich schaute zum Haus der McCalls. Vielleicht ist Mike draußen, um seinem Vater im Garten zu helfen, dachte ich.

Ich lehnte mich weiter aus dem Fenster, um besser sehen zu können.

»O neeiiin!«, stöhnte ich. »Nein!«

18

Der rote Jeep von Mr McCall war mit weißen Farbklecksen übersät.

Das Dach. Die Kühlerhaube. Die Fenster. Der ganze Jeep war mit Farbe beschmiert.

Das bedeutete gewaltigen Ärger, das war mir klar.

Ich sprang in eine Jeans, zog mir das T-Shirt von gestern über und hastete nach draußen. Ich fand Mike in der Einfahrt der McCalls, wo er mit verbissener Miene und kopfschüttelnd den Jeep umkreiste.

»Unglaublich, was?«, sagte er zu mir. »Als mein Dad das gesehen hat, ist er in die Luft gegangen!«

»Wieso hat er ihn nicht in der Garage geparkt?«, fragte ich. Normalerweise stellte Mr McCall den Jeep immer in die Doppelgarage.

Mike zuckte die Achseln. »Mom hat den Keller und den Speicher ausgeräumt, um einen privaten Flohmarkt zu veranstalten. Den ganzen Trödel hat sie vorübergehend in die Garage gestellt, es sind bestimmt eine Million Kartons. Deshalb musste Dad gestern Abend in der Einfahrt parken.«

Mike patschte aufs Dach des Jeeps. »Die Farbe ist noch feucht. Fühl mal.«

Ich berührte sie. Es stimmte, sie war feucht.

»Mein Dad tobt!«, erklärte Mike. »Zuerst dachte er, dein Dad hätte das getan. Wegen der Tomaten. Aber Mom hat ihm erklärt, dass das lächerlich wäre. Also hat er die Polizei angerufen. Er hat gesagt, er würde nicht ruhen, bis derjenige, der das getan hat, im Gefängnis sitzt!«

»*Das* hat er gesagt?«, fragte ich. Plötzlich fühlte sich mein Mund strohtrocken an. »Mike, wenn die Polizei erst einmal anfängt, die Sache zu untersuchen, dann werden sie dir und mir die Schuld geben!«

»Uns die Schuld geben? Bist du irre? Wieso sollten sie das tun?«, wollte er wissen.

»Weil wir beide gestern Nacht draußen waren!«, sagte ich. »Und alle wissen das.«

In Mikes braunen Augen flackerte Angst auf. »Du hast Recht«, sagte er. »Was machen wir jetzt?«

»Ich weiß nicht«, antwortete ich betrübt. Ich lief in der Einfahrt der McCalls auf und ab und dachte scharf nach. Der Asphalt unter meinen nackten Füßen fühlte sich warm und klebrig an.

Ich trat ins Gras. Und bemerkte eine Reihe kleiner weißer Farbkleckse.

»He, was ist das denn?«, schrie ich.

Ich folgte der Farbspur durchs Gras.

Über die Petunien hinweg.

Die Farbtropfen endeten da, wo die Zwerge standen und mich angrinsten.

»Ich wusste es! Ich hab's gewusst!«, rief ich aufgeregt. »Mike, komm und sieh dir diese Spur an! Die Zwerge haben euer Auto beschmiert! Und sie sind auch für all die anderen Verwüstungen verantwortlich!«

»Gartenzwerge?«, zischte Mike. »Joe, gib's auf. Das glaubt dir niemand. Wieso hörst du nicht auf damit?«

»Überleg doch mal!«, forderte ich ihn auf. »Die Melonenkerne an den Lippen der Zwerge. Diese weiße Farbspur. Außerdem habe ich auch schwarze Farbe an ihren Fingern entdeckt – direkt nachdem dein Dad die Grimassen auf seinen Melonen gefunden hat!«

»Seltsam«, murmelte Mike. »Sehr seltsam. Aber Gartenzwerge sind Gartenzwerge, Joe. Die laufen nicht herum und richten Unfug an.«

»Was wäre, wenn wir ihre Schuld beweisen würden?«, schlug ich vor.

»Wie bitte? Wie sollen wir das denn anstellen?«

»Indem wir sie auf frischer Tat ertappen.«

»Das ist doch verrückt, Joe.«

»Komm schon, Mike. Wir tun es heute Nacht. Wir schleichen uns hinaus, verstecken uns im Garten und beobachten sie.«

Mike schüttelte den Kopf. »Unmöglich«, antwortete er. »Ich habe schon wegen gestern Nacht einen Riesenärger am Hals.«

»Und in was für Schwierigkeiten wirst du erst stecken, wenn die Polizei mit ihrer Untersuchung fertig ist?«

»Na gut, okay. Ich tu's«, murmelte er. »Aber ich denke, das Ganze ist nur eine Riesenzeitverschwendung.«

»Wir werden die Zwerge kriegen, Mike«, erklärte ich ihm. »Und wenn es das Letzte ist, was wir jemals tun.«

Ahhh!

Mein Wecker! Er hatte nicht geklingelt!

Und nun war es beinahe Mitternacht. Und ich kam zu spät. Ich hatte Mike versprochen, mich um halb zwölf mit ihm zu treffen.

Ich sprang aus dem Bett, Jeans und T-Shirt hatte ich noch immer an. Ich schnappte mir meine Turnschuhe und rannte nach draußen.

Kein Mond. Keine Sterne. Der Rasen vor dem Haus lag in tiefer Dunkelheit. Es war still im Garten. Zu still.

Ich schaute mich nach Mike um. Aber ich konnte keine Spur von ihm entdecken. Wahrscheinlich war er wieder hineingegangen, nachdem ich nicht aufgetaucht war.

Was sollte ich jetzt tun? Alleine draußen bleiben? Oder wieder ins Bett gehen?

Etwas raschelte im Gebüsch. Ich riss die Augen auf.

»Joe! Joe! Hier drüben«, flüsterte Mike laut.

Er streckte seinen Kopf hinter den Immergrünbüschen vor unserem Haus hervor und winkte mich zu sich.

Ich schlüpfte ins Gebüsch und hockte mich neben ihn.

Mike schlug mir auf den Arm. »Ich dachte schon, du hättest zu viel Schiss gehabt.«

»Von wegen!«, wisperte ich zurück. »Schließlich war es doch meine Idee!«

»Ja, deine verrückte Idee«, antwortete Mike. »Ich kann es selbst kaum glauben, dass ich mich mitten in der Nacht hinter Gebüsch verstecke und hinter Gartenzwergen herspioniere.«

»Ich weiß, es klingt verrückt, aber …«

»Pssst. Hast du auch etwas gehört?«, unterbrach mich Mike.

Ich hatte es gehört. Ein Scharren.

Ich schob die dicken grünen Äste vor mir auseinander, aber die Nadeln stachen mir in die Haut und ich zog die Arme rasch zurück. Zu rasch. Blut tröpfelte von meinen Fingern, wo sich zwei Nadeln durch die Haut gebohrt hatten.

Die scharrenden Geräusche kamen näher.

Mir hämmerte das Herz in der Brust.

Und noch näher.

Mike und ich verharrten ganz still. Wir tauschten ängstliche Blicke aus.

Ich musste nachsehen! Ich musste herausfinden, was sich da bewegte.

Ich schob die nadeligen Äste noch einmal auseinander und schaute zwischen den dicht mit Nadeln besetzten Zweigen hindurch. Mein Blick traf auf zwei glühende Augen!

»Schnapp ihn dir, Mike! Fang ihn!«, rief ich.

Mike sprang hinter den Büschen hervor. Gerade noch rechtzeitig – um ihn davonhuschen zu sehen.

»Ein Waschbär! Es war nur ein Waschbär!«

Ich seufzte. »Tut mir Leid, Mike.«

Eine ganze Weile blieben wir so sitzen. Alle paar Minuten schoben wir die Äste auseinander, um nach den Zwergen Ausschau zu halten. Meine Arme waren von den spitzen Nadeln völlig zerkratzt.

Doch die Zwerge hatten sich nicht von der Stelle gerührt. Sie standen in ihren albernen Klamotten und Mützen da und grinsten in die Nacht.

Ich stöhnte leise. Meine Beine fühlten sich steif und verkrampft an.

Mike schaute auf die Uhr. »Wir sind jetzt schon seit über zwei Stunden hier draußen«, flüsterte er. »Diese Zwerge gehen nirgends hin. Ich verzieh mich nach Hause.«

»Warte noch ein bisschen«, bat ich ihn. »Wir werden sie erwischen. Da bin ich mir ganz sicher.«

»Du bist wirklich ein netter Kerl«, sagte Mike, während er die Äste des Busches zum millionsten Mal auseinander schob. »Deshalb sage ich es dir nicht gerne, Joe. Aber du bist so verrückt wie …«

Er sprach den Satz nicht zu Ende. Sein Kinnladen klappte herunter und die Augen fielen ihm fast aus dem Kopf.

Ich spähte zwischen den Ästen hindurch – und sah, wie die Zwerge zum Leben erwachten. Sie reckten die Arme über den Kopf, rieben sich das Kinn und schüttelten ihre Beine aus. Anschließend strichen sie sich die Hemden glatt.

»Sie ... sie *bewegen* sich!«, schrie Mike.

Zu laut.

Vor Schreck verlor ich das Gleichgewicht und fiel mitten in den Busch hinein.

Sie haben uns gesehen, sagte ich mir. Was nun?

19

»Nein. Oh, Mann. Nein!«, wisperte Mike. Er zerrte mich auf die Füße hoch. »Sie bewegen sich! Sie bewegen sich tatsächlich!«

Zwischen den Zweigen hindurch starrten wir beide voller Entsetzen auf Robby und Tobby.

Die Zwerge beugten die Knie und lockerten ihre Muskeln. Dann machte jeder von ihnen einen steifbeinigen Schritt. Und noch einen.

Ich hatte also Recht gehabt. Sie sind lebendig, dachte ich. Sehr lebendig sogar.

Und sie haben es auf Mike und mich abgesehen.

Wir sollten von hier verschwinden, sagte ich mir. Wir sollten zusehen, dass wir von hier wegkommen.

Aber keiner von uns konnte den Blick von den quicklebendigen Gartenzwergen losreißen!

Plötzlich tauchte der Vollmond tief über den Bäumen auf. Der Rasen vor dem Haus erstrahlte im Licht, als hätte jemand einen Scheinwerfer eingeschaltet. Die steifbeinigen Gestalten schwangen ihre kurzen, dicken Ärmchen und rannten los. Ihre spitzen Mützen flitzten durch die Luft wie die Rückenflossen von Haifischen.

Sie kamen auf ihren stummeligen Beinen geradewegs auf uns zugerannt. Mike und ich kauerten uns auf den Boden, damit sie uns nicht sahen. Ich zitterte so heftig, dass der ganze Busch bebte!

Die Zwerge kamen näher. So nahe, dass ich das dunkle Rot ihrer bösartigen Augen und das weiße Schimmern ihrer Zähne sehen konnte.

Ich ballte die Fäuste so fest, dass mir die Hände wehtaten.

Was hatten sie mit uns vor?

Ich schloss die Augen – und hörte, wie sie vorbeirannten. Ich vernahm dumpfe Schritte und pfeifende Atemgeräusche.

Als ich die Augen öffnete, sah ich, wie sie den zementierten Weg entlangliefen und zur Seitenfront des Hauses abbogen.

»Mike – sie haben uns nicht gesehen!«, flüsterte ich.

Wir halfen uns gegenseitig hoch. Ich war benommen.

Ich hatte das Gefühl, als ob der Boden unter mir schwankte, und meine Beine fühlten sich weich und wabbelig wie Wackelpudding an.

Mike wischte sich über die schweißnassen Augenbrauen. »Wo laufen sie bloß hin?«, flüsterte er.

Ich schüttelte den Kopf. »Keine Ahnung. Aber wir müssen ihnen folgen. Komm!«

Wir machten uns Mut, indem wir beide aufmunternd den Daumen in die Höhe reckten, dann traten wir aus unserem Versteck hervor. Ich ging voran. Wir liefen den zementierten Weg entlang und an der vorderen Veranda vorbei. Zur Seitenfront des Hauses.

Ich blieb stehen, als ich sie mit ihren heiseren Stimmen tuscheln hörte. Ein Stück vor mir.

Mike packte mich bei der Schulter, die Augen vor Angst weit aufgerissen. »Ich mach lieber 'ne Fliege. Jetzt gleich!«

Ich wandte mich um. »Nein!«, bat ich ihn. »Du musst hier bleiben und mir helfen, sie zu fangen. Wir müssen unseren Eltern zeigen, was hier los ist.«

Er stieß einen langen Seufzer aus. Bei dem Gedanken, dass ein großer, kräftiger Bursche wie Mike sich genauso fürchtete wie ich, fühlte ich mich gleich ein bisschen besser. Schließlich nickte er. »Also gut. Los, fangen wir sie.«

Vorsichtig schlichen wir uns in der Dunkelheit ums

Haus herum in den hinteren Garten. Ich sah Buster, der neben der Hundehütte tief und fest schlief.

Und dann entdeckte ich die beiden Gartenzwerge. Sie beugten sich über die Ansammlung von Farbeimern und Farbdosen, Pinseln und farbverschmierten Lappen, die die Maler neben der Garage zurückgelassen hatten.

Mike und ich blieben abwartend stehen, als sich Robby und Tobby zwei Dosen mit schwarzer Farbe schnappten und die Deckel mit ihren dicken Fingern aufstemmten.

Kichernd öffneten die beiden Zwerge die Dosen, dann schütteten sie die Farbe an die Seitenwand meines Hauses. Die schwarze Farbe platschte auf den frischen weißen Anstrich und lief dann in langen, breiten Streifen daran herunter.

Ich schlug mir die Hand vor den Mund, um nicht loszuschreien.

Ich hatte es gewusst! Es war mir die ganze Zeit über klar gewesen. Aber niemand hatte mir glauben wollen. Die Zwerge steckten hinter all den Bosheiten, die hier passierten!

Die Zwerge kehrten zu den Malersachen zurück, um noch mehr Farbe zu holen.

»Wir müssen sie aufhalten«, flüsterte ich Mike zu. »Aber wie?«

»Wir könnten uns einfach auf sie stürzen«, schlug

Mike vor. »Wir packen sie von hinten und halten sie fest.«

Das klang ziemlich einfach. Immerhin waren sie klein. Kleiner als wir. »Also gut«, flüsterte ich mit einem Flattern im Bauch. »Und dann schleppen wir sie ins Haus und zeigen sie meinen Eltern.«

Ich holte tief Luft und hielt den Atem an. Mike und ich pirschten uns vorsichtig an sie heran.

Näher. Und näher.

Wenn bloß meine Beine nicht wie Gummi gewackelt hätten!

Und noch näher.

Und dann fiel Mike hin.

Er stolperte, stürzte nach vorn – und als er am Boden aufschlug, stieß er ein lautes *»Uffff!«* aus.

Es dauerte eine Sekunde, bis ich begriff, dass er über Busters Seil gestolpert war.

Er versuchte, aufzustehen. Doch das Seil hatte sich um seinen Knöchel geschlungen.

Er griff das Seil mit beiden Händen und zog heftig daran.

Und weckte Buster auf!

»Wuuuuuf! Wuuuuuf!« Buster musste die Zwerge entdeckt haben, weil er anfing, wie von Sinnen zu bellen.

Die Zwerge fuhren herum.

Und richteten ihre Augen auf uns. Im hellen Mondschein sahen wir, wie ihre Mienen hart und wütend wurden.

»Schnapp sie dir!«, knurrte Tobby. »Lass sie nicht entkommen!«

20

»Lauf!«, brüllte ich.

Mike und ich rannten zur Vorderseite des Hauses.

Buster bellte sich noch immer die Seele aus dem Leib.

Und über das Gebell hinweg hörte ich schrilles Kichern. Die Zwerge kicherten, während sie hinter uns herjagten.

Ihr Füße klatschten laut übers Gras. Ich warf einen Blick zurück und sah, wie sie ihre stummeligen Beine so schnell bewegten, dass sie mir vor den Augen verschwammen.

Keuchend bog ich um die Hausecke.

Dicht hinter uns konnte ich noch immer das schrille Kichern der beiden Zwerge hören.

»Hilfe!«, schrie Mike. »Zu Hilfe!«

Mit geöffnetem Mund rang ich um Atem. Die Zwerge holten auf.

Mir war klar, ich musste schneller rennen. Doch meine

Beine fühlten sich plötzlich so schwer wie Ziegelsteine an.

»Hiiiiilfe!«, rief Mike.

Ich schaute zum Haus. Wieso wachte da drin keiner auf?

Wir rannten ums Haus herum und liefen weiter.

Warum kicherten Robby und Tobby nur so?

Weil ihnen klar war, dass sie uns erwischen würden?

Ich fühlte einen stechenden Schmerz in der Seite. »O nein!« Ein Krampf.

Ich spürte, wie Mike an mir zerrte. »Nicht langsamer werden, Joe. Lauf weiter!«

Der Schmerz wurde heftiger, so, als hätte mir jemand ein Messer in die Seite gerammt.

Jetzt ist alles vorbei, dachte ich. Gleich haben sie mich.

In dem Moment wurde die Haustür aufgerissen und die Verandabeleuchtung flammte auf.

»Was ist denn hier los?«, rief eine vertraute Stimme.

Mindy!

Während sie heraustrat, zog sie den Gürtel ihres rosa Bademantels zu. Ich sah, wie sie in die Dunkelheit blinzelte.

»Mindy!«, rief ich. »Mindy – pass auf!«

Zu spät.

Die Zwerge packten sie.

Laut kichernd drehten sie ihr die Arme auf den Rücken. Sie zerrten sie über die Verandatreppe hinunter und schleppten sie zur Straße.

21

Mindy schlug mit Armen und Beinen um sich. Doch die kichernden Zwerge waren verblüffend kräftig.

»Helft mir!«, rief Mindy Mike und mir zu. »Steht da nicht so untätig herum – helft mir!«

Ich schluckte. Der Schmerz in meiner Seite ließ nach.

Ohne uns abzusprechen, liefen Mike und ich los und verfolgten sie.

Sie hatten Mindy bereits zur Straße geschleppt. Im Licht der Straßenlaterne sah ich, wie Mindy noch immer darum kämpfte, sich zu befreien.

Mike und ich sausten die Einfahrt hinunter. »Lasst sie los!«, schrie ich außer Atem. »Lasst sofort meine Schwester los!«

Lautes Gekicher ertönte. Sie huschten am Haus der McCalls vorbei. Und an den nächsten beiden Häusern.

Mike und ich rannten schreiend hinter ihnen her und forderten sie auf stehen zu bleiben.

Plötzlich hielten sie, zu unserem Schrecken, wirklich an.

Im Schatten einer hohen Hecke setzten sie Mindy ab und wandten sich zu uns um. »Wir wollen euch nichts Böses«, sagte Tobby.

Der Gesichtsausdruck der Zwerge war nun ernst. Ihre Augen starrten uns aus der Dunkelheit entgegen.

»Das *glaub* ich einfach nicht!«, schrie Mindy, während sie ihren Morgenmantel zurechtrückte. »Das ist verrückt! Vollkommen verrückt!«

»Das musst du mir nicht sagen«, murmelte ich.

»Bitte hört uns an«, krächzte Robby.

»Wir wollen euch nichts Böses«, wiederholte Tobby.

»Nichts Böses!«, zeterte Mindy. »Nichts Böses! Ihr habt mich gerade von zu Hause fortgeschleppt! Ihr … ihr …«

»Wir wollten nur eure Aufmerksamkeit bekommen«, sagte Robby sanft.

»Nun, die *habt* ihr jetzt auch!«, rief Mindy aufgebracht.

»Wir wollen euch nichts Böses«, sagte Tobby noch einmal. »Bitte glaubt uns.«

»Wie sollen wir euch denn glauben?«, wollte ich wissen, als ich meine Stimme endlich wiedergefunden hatte. »Nach all dem Ärger, den ihr verursacht habt. Ihr habt unsere Gärten ruiniert! Ihr habt überall Farbe verspritzt! Ihr …«

»Wir können nicht anders«, unterbrach mich Robby.

»Ja, wir können einfach nicht anders«, echote Tobby. »Ihr müsst wissen, wir sind Kobolde.«

»Ihr seid *was*?«, schrie Mindy.

»Wir sind Kobolde. Wir stellen Unfug an. Das ist unsere Lebensaufgabe«, erklärte Robby.

»Wo immer in der Welt Unfug passiert, stecken wir dahinter«, fügte Tobby hinzu. »Unfug zu treiben ist unsere Aufgabe. Dagegen können wir nichts tun.«

Er bückte sich und brach ein Stück aus dem Randstein. Dann öffnete er den Briefkasten, der uns gegenüber stand, und warf das Stück hinein.

»Seht ihr? Ich kann nicht anders. Wo immer ich bin, muss ich etwas anstellen.«

Robby kicherte. »Ohne uns wäre die Welt ein ziemlich langweiliger Ort – oder nicht?«

»Sie wäre ein viel *besserer* Ort«, sagte Mindy nachdrücklich und verschränkte die Arme vor der Brust.

Mike hatte noch immer kein Wort gesprochen. Er stand einfach nur da und beobachtete die beiden plappernden Gartenzwerge.

Robby und Tobby zogen einen Flunsch. »Bitte verletzt unsere Gefühle nicht«, krächzte Tobby. »Unser Leben ist nicht leicht.«

»Wir brauchen eure Hilfe«, setzte Robby hinzu.

»Ihr wollt, dass wir euch dabei helfen, Unfug anzustellen?«, rief ich. »Kommt nicht in die Tüte! Ihr habt mich auch so schon in böse Schwierigkeiten gebracht.«

»Nein, wir brauchen eure Hilfe, um unsere Freiheit zu erlangen«, sagte Tobby feierlich. »Bitte – hört uns an und glaubt uns.«

»Hört uns an und glaubt uns«, wiederholte Robby.

»Wir lebten einst in einem fernen Land«, begann Tobby. »In einem dichten, grünen Wald. Dort betrieben wir Bergbau und beschützten die Bäume. Unser Unfug war harmloser Schabernack und wir taten auch viel Gutes.«

»Wir waren sehr fleißig und arbeiteten schwer«, erklärte uns Robby und kratzte sich am Kopf. »Aber wir waren sehr glücklich in unserer Waldheimat.«

»Doch dann wurden die Minen geschlossen und die Wälder abgeholzt«, fuhr Tobby fort. »Wir wurden gefangen genommen und entführt. Und weit von zu Hause fortgeschleppt. Wir wurden in euer Land verschifft und dazu gezwungen, als Gartenzwerge zu arbeiten.«

»Als Sklaven«, sagte Robby und schüttelte betrübt den Kopf. »Wir wurden dazu gezwungen, Tag und Nacht herumzustehen.«

»Das ist ja unmöglich!«, rief Mindy. »Langweilt ihr euch da nicht fürchterlich? Wie könnt ihr so still stehen?«

»Wir fallen in Trance«, erklärte Tobby. »Die Zeit verstreicht, ohne dass wir es merken. Nachts wachen wir aus der Trance auf und gehen unserer eigentlichen Aufgabe nach.«

»Ihr meint, Unfug anzustellen!«, meinte ich.

Sie nickten beide.

»Aber wir möchten frei sein«, fuhr Robby fort. »Hingehen können, wo wir wollen. Selbst entscheiden, wo wir leben möchten. Wir würden gerne wieder einen Wald finden, in dem wir in Freiheit leben können.« Zwei winzige Zwergentränen rollten ihm über die Pausbacken hinunter.

Tobby seufzte und richtete seinen Blick auf mich. »Werdet ihr uns helfen?«

»Wobei helfen?«, wollte ich wissen.

»Unseren Freunden und uns dabei helfen, zu fliehen?«, antwortete Tobby.

»Es gibt noch sechs andere«, erklärte Robby. »Sie sind im Keller eingesperrt. In dem Laden, in dem ihr uns gekauft habt. Wir brauchen eure Hilfe, um sie zu befreien.«

»Wir können zwar durch das Kellerfenster einsteigen«, fuhr sein Freund fort. »Aber wir sind zu klein, um wieder hinauszuklettern. Und zu klein, um den Türgriff zu erreichen und den Keller durch die Tür zu verlassen.«

»Werdet ihr uns bei der Flucht helfen?«, bettelte Robby und zupfte unten an meinem T-Shirt. »Ihr braucht nur in den Keller einzusteigen. Und dann unseren sechs

Freunden dabei helfen, durch die Kellertür hinauszukommen.«

»Bitte helft uns«, bettelte Tobby, dem Tränen in den Augen standen. »Dann werden wir verschwinden. In einen tiefen Wald. Und wir werden euch nie wieder Ärger bereiten.«

»Also, ich finde, das hört sich gut an!«, rief Mindy.

»Heißt das, ihr helft uns?«, quiekte Robby.

Sie begannen beide, an uns zu zerren, und zwitscherten dazu: »Bitte! Bitte! Bitte! Bitte! Bitte!«

Mike, Mindy und ich wechselten unsichere und besorgte Blicke.

Was sollten wir tun?

22

»Bitte? Bitte? Bitte? Bitte?«

»Wir sollten ihnen helfen«, sagte Mike, der endlich seine Stimme wiedergefunden hatte.

Ich wandte mich an Mindy. Normalerweise frage ich sie nicht um Rat. Aber sie war die Älteste. »Was denkst du?«

Mindy biss sich auf die Unterlippe. »Na ja, du weißt

doch, wie sehr Buster es hasst, angebunden zu sein«, sagte sie. »Er möchte unbedingt frei sein. Ich denke, jeder verdient es, frei zu sein. Selbst Gartenzwerge.«

Ich wandte mich wieder den Zwergen zu. »In Ordnung!«, verkündete ich. »Wir helfen euch!«

»Danke! Danke!«, schrie Tobby überglücklich und umarmte Robby. »Ihr habt ja keine Vorstellung, wie viel uns das bedeutet!«

»Danke! Danke! Danke!«, quiekte auch Robby. Er sprang in die Luft und schlug die Absätze seiner Stiefel zusammen. »Schnell! Nichts wie los!«

»Jetzt sofort?«, rief Mindy. »Es ist mitten in der Nacht! Können wir damit nicht bis morgen warten?«

»Nein. Bitte! Jetzt gleich«, beharrte Robby.

»Es muss in der Dunkelheit sein«, setzte Tobby hinzu. »Solange das Geschäft geschlossen ist. Bitte! Wir müssen uns beeilen!«

»Ich bin nicht angezogen«, erwiderte Mindy. »Ich finde wirklich, dass wir nicht sofort losziehen sollten. Ich denke …«

»Wenn wir noch länger hier sind, werden wir noch mehr Unfug anrichten müssen«, sagte Tobby mit einem Augenzwinkern.

Das wollte ich auf gar keinen Fall. »Also gut, dann lasst es uns sofort angehen!«, stimmte ich zu.

Und so schlichen wir zu fünft die dunkle Straße entlang und den steilen Hügel zum *Prachtgarten* hinauf. Wow, kam ich mir merkwürdig dabei vor! Da spazierten wir mitten in der Nacht mit zwei Gartenzwergen durch die Gegend! Um in ein Geschäft einzubrechen und sechs weitere Gartenzwerge zu befreien!

Das alte rosa Haus war schon bei Tag sonderbar genug, aber in der Nacht war es total unheimlich. All die Gartenfiguren – Rehe und Seehunde und Flamingos – starrten uns aus der Dunkelheit mit ihren leblosen Augen an.

Sind sie etwa ebenfalls lebendig?, fragte ich mich.

Robby schien meine Gedanken zu lesen. »Die sind alle nur reine Dekoration«, spottete er. »Sonst nichts.«

Die beiden aufgekratzten Zwerge marschierten rasch über den breiten Rasen und bogen um die Ecke von Mrs Andersons Haus zur Seitenfront. Mike, Mindy und ich folgten ihnen.

Mindy umklammerte meinen Arm mit ihrer Hand, die eiskalt war. Meine Beine fühlten sich noch immer wie Gummi an und mein Herz hämmerte – aber vor Aufregung, nicht vor Angst.

Robby und Tobby deuteten auf das breite, tief liegende Kellerfenster. Ich kniete mich hin und spähte hinein. Völlige Dunkelheit.

»Seid ihr sicher, dass die anderen Zwerge da unten sind?«, fragte ich.

»O ja«, verkündete Tobby eifrig. »Alle sechs. Sie warten darauf, von euch befreit zu werden.«

»Bitte beeilt euch«, bettelte Robby, während er mich sanft auf das Fenster zuschob. »Bevor die alte Frau uns hört und aufwacht.«

Ich ließ mich auf dem Sims des offen stehenden Fensters nieder, wo ich mich zu meiner Schwester und Mike umwandte.

»Wir kommen sofort nach«, flüsterte Mike.

»Lasst sie uns schnell befreien und dann von hier verschwinden«, drängte Mindy.

»Dann mal los«, sagte ich leise.

Ich drückte mir selbst die Daumen und ließ mich in die Dunkelheit hinabgleiten.

23

Ich drückte mich vom Fensterrahmen ab und landete auf den Füßen. Einige Sekunden später hörte ich, wie Mike und Mindy nach mir durchs Fenster rutschten.

Ich blinzelte in die Dunkelheit vor mir. Ich konnte nicht das Geringste erkennen. Ich leckte mir über die trockenen Lippen und sog die Luft ein. Ein scharfer Geruch wie von

Essig erfüllte den heißen, feuchten Keller. Schweiß, dachte ich. Zwergenschweiß.

Von draußen vernahm ich leises Kichern. Robby und Tobby schwangen sich übers Fensterbrett und plumpsten auf den Boden.

»He, Leute …«, flüsterte ich.

Aber sie huschten einfach in die Dunkelheit davon.

»Was ist denn nun los?«, wollte Mike wissen.

»Wir müssen den Lichtschalter finden«, flüsterte Mindy.

Doch bevor wir uns bewegen konnten, gingen alle Deckenlampen gleichzeitig an. Ich blinzelte in die plötzliche Helligkeit.

Und dann riss ich die Augen auf: Im geräumigen Keller stand ein ganzes Heer von Gartenzwergen!

Nicht sechs! Sechs*hundert!* Sie standen in Reih und Glied nebeneinander und hintereinander und starrten uns an.

»O nein!«, schrie Mike. »Das ist ja ein Zwergenauflauf!«

»Robby und Tobby haben uns *angelogen*!«, rief ich.

Ihre Hemden hatten verschiedene Farben, aber ansonsten sahen die Gartenzwerge alle genau gleich aus. Sie trugen alle spitze Mützen und schwarze Gürtel. Sie hatten alle rote starrende Augen, breite Nasen, zu einem Grinsen verzogene Lippen und große, spitze Ohren.

Ich war so verdattert, so viele dieser hässlichen Kreaturen auf einmal zu sehen, dass ich eine ganze Weile brauchte, bis ich Robby und Tobby ausmachen konnte. Schließlich entdeckte ich sie an der Seitenwand des Raumes.

Robby klatschte dreimal in die Hände. Und dann noch dreimal.

Das kurze, heftige Klatschen hallte von den Kellerwänden wider.

Und mit einem Mal erwachte die ganze Zwergenschar zum Leben. Sie streckten und beugten sich, grinsten und kicherten und plapperten mit schrillen, aufgeregten Stimmen durcheinander.

Mindy packte mich am Arm. »Wir sollten sehen, dass wir hier rauskommen!«

Bei dem lauten Geplapper und Gekicher der Zwergenschar konnte ich sie kaum verstehen. Ich warf einen Blick nach oben zum Kellerfenster. Plötzlich kam es mir sehr hoch oben und schrecklich weit weg vor.

Als ich mich wieder umwandte, bauten sich Robby und Tobby gerade vor uns auf. Sie klatschten in die Hände, um die Aufmerksamkeit aller zu bekommen.

Augenblicklich wurde die hundertfache Schar der Zwerge leise.

»Hier sind die jungen Menschen!«, verkündete Robby fröhlich grinsend.

»Wir haben unser Versprechen also gehalten und sie hergebracht!«, erklärte Tobby.

Kichern und Beifall ertönten.

Und dann rückten die Zwerge zu meinem Entsetzen vor und streckten ihre stummeligen Arme nach uns aus. Ihre Augen blitzten aufgeregt und ihre Mützen wippten beim Laufen, wie die Rückenflossen angreifender Haie.

Mindy, Mike und ich wichen zurück. Bis an die Wand.

Die Zwerge drängten sich um uns herum. Sie zupften mit ihren kleinen Händen an meiner Kleidung, schlugen mir ins Gesicht und zogen mich an den Haaren.

»Aufhören!«, kreischte ich. »Zurück mit euch! Zurück!«

»Wir sind hergekommen, um euch zu helfen!«, hörte ich Mindy brüllen. »Bitte – wir sind gekommen, um euch bei der Flucht zu helfen!«

Die Antwort war nur lautes Kichern.

»Aber wir *wollen* gar nicht fliehen!«, erklärte einer der Zwerge grinsend. »Jetzt, wo *ihr* da seid, werden wir hier eine Menge Spaß haben!«

24

Spaß?

Was meinte er mit *Spaß?*

Robby und Tobby drängten sich nach vorn und pflanzten sich vor uns auf. Erneut klatschten sie in die Hände, um die kichernde, plappernde Menge zum Schweigen zu bringen.

Wieder wurde es sofort still im Keller.

»Ihr habt uns reingelegt!«, brüllte Mindy die beiden Zwerge an. »Ihr habt uns belogen!«

Sie kicherten zur Antwort und schlugen sich gegenseitig fröhlich auf die Schulter.

»Ich kann kaum glauben, dass ihr auf unsere rührselige Geschichte hereingefallen seid«, sagte Robby kopfschüttelnd.

»Wir haben euch doch *gesagt*, dass wir Kobolde sind«, höhnte Tobby. »Da hätte euch klar sein müssen, dass wir böse Streiche spielen!«

»Guter Witz, Jungs«, sagte ich und rang mir ein heiseres Lachen ab. »Ihr habt uns wirklich an der Nase herumgeführt. Und wie. Aber jetzt lasst uns bitte nach Hause gehen, okay?«

»Ja, lasst uns nach Hause gehen!«, sagte Mike nachdrücklich.

Alle im Raum brachen in schallendes Gelächter aus.

Robby schüttelte den Kopf. »Aber der Spuk hat doch gerade erst angefangen!«, verkündete er.

Beifall und Kichern erfüllten den Keller.

Tobby wandte sich an die Menge aufgedrehter Zwerge. »Nun, was wollen wir jetzt mit unseren netten Gefangenen anstellen? Irgendwelche Ideen?«

»Lasst uns feststellen, ob sie hüpfen können!«, rief ein Zwerg weit hinten im Raum.

»Ja! Wir dribbeln mit ihnen!«

»Wir wollen einen Dribble-Wettkampf!«

»Nein – wir werfen sie gegen die Wand. Werfen und Fangen!«

Beifall brandete auf.

»Nein! Wir falten sie zu kleinen Vierecken zusammen! Ich liebe es, Menschen zu Vierecken zu falten!«

»Ja! Ein Faltwettbewerb!«, schrie ein anderer Zwerg.

»Faltet sie! Faltet sie! Faltet sie!«, begannen mehrere Zwerge im Takt zu schreien.

»Wir kitzeln sie!«, schlug ein Zwerg in der vorderen Reihe vor.

»Wir kitzeln sie ein paar Stunden lang!«

»Kille! Kille! Kille!«

Der Raum hallte von ihren aufgeregten Sprechchören wider.

»Faltet sie! Faltet sie! Faltet sie!«

»Kille! Kille! Kille!«

»Dribbeln! Dribbeln! Dribbeln! Dribbeln!«

Ich drehte mich zu Mike um, der benommen und voller Furcht in die Menge schreiender Zwerge starrte. Seine Augen waren hervorgetreten und sein Kinn bebte.

Mindy presste sich mit dem Rücken flach gegen die Kellerwand. Ihr blondes Haar klebte ihr an der Stirn. Die Hände hatte sie in den Taschen ihres Bademantels vergraben.

»Was sollen wir bloß tun?«, fragte sie mich schreiend, um die wilden Sprechchöre zu übertönen.

Plötzlich kam mir eine Idee.

Ich hob die Arme über den Kopf. *»Ruhe!«,* brüllte ich.

Augenblicklich wurde es still im Raum. Hunderte roter Augen funkelten mich an.

»Lasst uns gehen!«, verlangte ich. »Oder wir drei schreien uns die Seele aus dem Leib. Damit wecken wir Mrs Anderson auf und in einer Sekunde wird sie hier unten sein und uns befreien!«

Stille. Hatte ich sie eingeschüchtert?

Nein. Die Zwerge brachen in lautes, höhnisches Gelächter aus. Sie schlugen sich gegenseitig auf die Schulter, johlten und kicherten.

»Da musst du dir schon was Besseres einfallen lassen!« Robby grinste zu mir hoch. »Wir wissen alle, dass Mrs Anderson stocktaub ist.«

»Schreit ruhig«, forderte Tobby uns auf. »Schreit so viel ihr wollt. Wir hören Menschen gerne schreien.« Er drehte sich zu Robby um und die beiden schlugen sich gegenseitig auf die Schulter und ließen sich auf den Boden fallen, wo sie hämisch kicherten und mit den Beinen in der Luft strampelten.

Überall im großen Kellerraum schwollen die Sprechchöre aufs Neue an.

»Kille! Kille! Kille!«

»Faltet sie! Faltet sie! Faltet sie!«

»Dribbeln! Dribbeln! Dribbeln!«

Mit einem lauten Seufzer wandte ich mich zu meiner verängstigten Schwester und meinem Freund um. »Wir sind verloren«, murmelte ich. »Wir haben keine Chance.«

25

»Tauziehen! Tauziehen!«

Ein neuer Sprechgesang erschallte hinten im Raum und wurde nach vorne weitergetragen.

»Ja!«, jubelten Robby und Tobby ausgelassen.

»Ausgezeichnete Idee!«, rief Robby.

»Ein Tauziehen! Wir ziehen sie in die Länge!«, schrie Tobby.

»Streckt sie! Streckt sie!«

»Tauziehen! Tauziehen!«

»Joe – was sollen wir nur tun?«, hörte ich Mindys angsterfüllte Stimme über die begeisterten Sprechchöre hinweg.

Denk nach, Joe, sagte ich mir drängend. Denk nach! Es muss einen Weg aus diesem Keller hinaus geben.

Doch ich fühlte mich völlig benommen. Die Sprechchöre dröhnten mir in den Ohren. Hunderte von Zwergen grinsten uns heimtückisch entgegen. Meine Gedanken fuhren Achterbahn.

»Streckt sie! Streckt sie!«

»Faltet sie! Faltet sie!«

»Kille! Kille! Kille!«

Plötzlich vernahm ich über die schrillen Stimmen der Zwerge hinweg einen vertrauten Klang.

Das Bellen eines Hundes.

Busters Bellen!

»Buster!«, schrie Mindy. »Ich höre ihn irgendwo bellen!«

»Ich – ich hab ihn auch gehört!«, rief ich und hob den Blick zum Fenster über unseren Köpfen. »Er muss uns gefolgt sein. Er muss irgendwo da draußen sein!«

Verzweifelt wünschte ich mir, dass Buster sprechen

könnte. Dann könnte er nach Hause rennen und Mom und Dad erzählen, dass wir in fürchterlichen Schwierigkeiten steckten.

Doch er konnte nur bellen. Oder ... konnte er vielleicht doch mehr?

Auf einmal fiel mir ein, wie verängstigt Robby und Tobby jedes Mal gewesen waren, wenn Buster in ihre Nähe kam. Ich erinnerte mich an ihre schreckerfüllten Mienen.

Neue Hoffnung ließ mein Herz schneller schlagen. Vielleicht fürchteten sich die Zwerge vor Hunden. Vielleicht konnte Buster ihnen so Angst machen, dass sie uns gehen ließen. Womöglich konnte er sie sogar so erschrecken, dass sie wieder in ihre Trance fielen.

Ich schob mich, den Rücken an die Wand gepresst, näher an meine Schwester heran. »Mindy, ich glaube, die Zwerge fürchten sich vor Buster. Wenn wir es schaffen, dass er hier herunterkommt, dann kann er uns vielleicht retten.«

Wir zögerten nicht lange. Aus vollem Hals schrien wir zu dritt zum Fenster hinauf: »Buster! Buster! Komm hierher, alter Knabe!«

Konnte er uns trotz des Geschreis der Zwerge hören?

Ja!

Sein großer Kopf erschien am Fenster und er spähte zu uns herab.

»Guter Junge!«, schrie ich. »Jetzt komm hierher. Komm hier runter, Buster.«

Buster öffnete das Maul. Er ließ seine rosa Zunge herausbaumeln und fing an zu hecheln.

»Braves Hundchen!«, säuselte ich. »Braves Hundchen, komm hier runter. Schnell! Komm, Junge!«

Buster streckte den Kopf weiter durchs Fenster herein. Und gähnte.

»Hierher, Buster!«, befahl ihm Mindy. »Komm hier runter, Junge!«

Doch er zog den Kopf aus dem Fenster zurück und machte es sich draußen auf dem Boden bequem. Ich konnte sehen, wie sein Kopf auf den Pfoten ruhte.

»Nein, Buster!«, kreischte ich, die Sprechchöre überschreiend. »Komm, Junge! Nicht hinlegen! Komm! Buster, komm!«

»*Wuff?*« Wieder streckte er den Kopf durchs Fenster herein. Ein Stückchen weiter. Und noch weiter.

»So ist's gut! Komm schon!«, bettelte ich. »Noch ein bisschen … ein bisschen weiter. Wenn du hier runterkommst, kriegst du von mir fünfmal täglich Leckerlis.«

Buster legte den Kopf schief und schnupperte die feuchte, nach Schweiß miefende Luft aus dem Keller.

Ich streckte dem Hund die Arme entgegen. »Bitte, Buster! Du bist unsere letzte Chance. Bitte – mach schnell! Komm hier runter.«

Zu meiner Bestürzung zog Buster den Kopf aus dem Fenster zurück.

Er wandte sich ab.

Und trottete davon.

26

Mindy und Mike stießen einen langen, enttäuschten Seufzer aus. »Buster hat uns sitzen gelassen«, sagte Mindy leise und ließ die Schultern hängen. Mike ließ sich an der Wand zu Boden gleiten und schüttelte den Kopf.

»Trampolin! Trampolin!«

Der Sprechgesang hatte sich verändert.

Robby grinste zu uns hoch. »Vielleicht benützen wir euch als Trampoline! Das würde großen Spaß machen!«

»Wir sollten allmählich abstimmen!«, setzte Tobby hinzu und rieb sich in Vorfreude die Hände.

»Trampolin! Trampolin!«

»Tauziehen! Tauziehen!«

Ich hielt mir die Ohren zu, um ihre schrillen Stimmen nicht mehr hören zu müssen.

Ruhe! Bitte seid doch still, dachte ich.

Still.

Bei dem Wort kam mir eine Idee.

Still. Busters Hundepfeife war still!

Plötzlich wusste ich, wie ich Buster zurückholen konnte!

»Mindy!«, schrie ich. »Die Hundepfeife! Buster kommt immer, wenn ich mit der Hundepfeife pfeife!«

Mindy hob den Kopf und ihre Miene hellte sich auf. »Das stimmt!«, schrie sie. »Beeil dich, Joe!«

Ich tastete nach der glänzenden Metallpfeife unter meinem T-Shirt. Sie war schweißnass. Das muss funktionieren, dachte ich. Sie wird Buster zurückholen.

Ich zog die Pfeife hervor.

»Die Pfeife!«, schrien einige Zwerge.

Es wurde augenblicklich still im Raum.

Ich hob die Pfeife an die Lippen.

»Rasch – blas hinein!«, kreischte Mindy.

Zu meiner Überraschung stürzten Robby und Tobby plötzlich auf mich los.

Sie sprangen an mir hoch und schlugen nach der Pfeife.

Die Pfeife glitt mir aus der Hand.

»Neeiin!«, schrie ich verzweifelt und grapschte wie wild danach.

Doch sie trudelte nach unten auf den Kellerboden und rollte davon.

27

Mindy, Mike und ich sprangen hinter ihr her.

Doch die Zwerge waren schneller.

Ein Zwerg in einem hellblauen Hemd hielt die Pfeife fest in seiner kleinen Faust und hob sie hoch. »Ich hab sie!«

»Nein, hast du nicht!«, schrie Mike. Er hechtete auf den Zwerg zu und erwischte ihn an den Knien.

Jaulend stürzte der Zwerg zu Boden.

Die Hundepfeife fiel ihm aus der Hand – und hüpfte über den harten Boden auf mich zu.

Ich schnappte sie mir und führte sie an die Lippen.

Drei Zwerge kletterten kichernd und grunzend auf meine Schultern hoch.

»Neeiin!«, schrie ich auf, als sie mir die Pfeife aus der Hand schlugen. Durch das Gewicht der drei Zwerge ging ich zu Boden.

Es gelang mir, sie abzuschütteln, und ich rappelte mich hoch. Schnell ließ ich meinen Blick über den Boden gleiten, um zu sehen, wo die Pfeife hingeschlittert war.

Da sah ich, wie sich eine Horde Zwerge auf den Boden stürzte und nach ihr schnappte. Ein, zwei Meter entfernt kämpfte Mike gegen vier oder fünf Zwerge, die sich in einer Reihe aufgestellt hatten, um ihm den Weg abzuschneiden. Mindy balgte sich ebenfalls mit einer Gruppe von Zwergen, die sie umzingelt hatten und sie mit ihren kleinen Händen an Beinen und Hüften festhielten.

Und dann sah ich, wie Robby die Pfeife in die Höhe hob.

Die Zwerge traten zurück und bildeten schützend einen Kreis um ihn.

Robby legte die Pfeife vor sich auf den Boden und hob seinen Fuß.

Er wollte sie zertreten!

»Neeeiiin!« Ein lang gezogener Schrei entrang sich meiner Kehle und ich schoss über den Boden, halb krabbelnd, halb fliegend.

Gerade als Robbys schwerer Gipsfuß herabfuhr, streckte ich die Hand aus.

Ich griff nach der Pfeife, packte sie und rollte mich zur Seite, während der Fuß des Zwerges nur Zentimeter von meinem Kopf entfernt dröhnend am Boden aufkam.

Ich setzte mich auf und hielt die Pfeife an die Lippen.

Und blies so fest ich konnte.

Was würde geschehen?

Würde die Pfeife funktionieren?

Würde Buster angerannt kommen, um uns zu befreien?

28

Noch einmal blies ich in die unhörbare Pfeife.

Ich wandte mich zum Fenster um. Buster, wo *bist* du?

Die Zwerge mussten sich dieselbe Frage gestellt haben, denn sie verharrten vollkommen reglos. Das aufgeregte Geplapper und Gekicher und die Sprechchöre waren verstummt.

Das einzige Geräusch, das ich noch hören konnte, war mein eigener flacher Atem.

Ich starrte zum Fenster hinauf, konnte aber nur das schwarze Rechteck der Fensteröffnung sehen. Von Buster keine Spur.

»He …!« Auf Mikes Schrei hin drehte ich mich um.

»Guckt sie euch an!« Mikes Stimme hallte durch die Stille.

»Seht nur – sie sind alle erstarrt!«, verkündete Mindy. Sie legte beide Hände auf die Mütze eines Zwerges – und stieß den Zwerg um.

Er fiel polternd auf den Boden, wo er reglos liegen blieb. Nur ein Stück Gips.

»Ich kapier's nicht!« Mike kratzte sich am Kopf.

Die Pfeife noch immer fest in der Hand, ging ich im Raum umher, betrachtete die erstarrten Zwerge und stieß sie um. Ich genoss die Stille.

»Sie sind wieder in Trance«, murmelte Mindy.

»Aber *wieso?*«, wollte Mike wissen. »Buster hat sich doch gar nicht blicken lassen. Wenn der Hund sie nicht erschreckt hat, warum sind sie dann alle erstarrt?«

Plötzlich wusste ich die Antwort. Ich hob die Pfeife und blies noch einmal hinein. »Es war die Pfeife«, erklärte ich. »Ich habe das falsch verstanden. Sie haben sich vor der Pfeife gefürchtet und nicht vor Buster.«

»Lasst uns jetzt schnell von hier verschwinden«, sagte Mindy leise. »Ich will keinen Gartenzwerg mehr sehen, solange ich lebe.«

»Wartet mal ab, bis ich das meinen Eltern erzähle!«, meinte Mike.

»O nein!«, rief ich und packte ihn an der Schulter. »Wir dürfen *niemandem* davon erzählen. Auf gar keinen Fall. Niemand würde uns glauben.«

Mike sah mich einen Moment lang an. »Du hast Recht«, stimmte er mir schließlich zu. »Du hast eindeutig Recht.«

Mindy trat unter das Fenster und schaute hinauf. »Wie kommen wir hier heraus?«

»Ich weiß, wie«, erklärte ich ihr. Ich nahm Robby und Tobby und stellte sie unter das Fenster. Dann stieg ich auf ihre Mützen, streckte die Hände zum Fenster aus und zog mich hoch. »Danke für die Hilfe, Jungs!«, rief ich zu ihnen hinunter.

Die Zwerge gaben keine Antwort.

Ich hoffte, sie waren für immer erstarrt.

Mindy und Mike folgten mir hinaus. Natürlich wartete Buster draußen im Garten auf uns. Kaum tauchten wir auf, fing er an mit seinem stummeligen Schwanz zu wedeln, rannte herbei und leckte mir das Gesicht ab, bis es klatschnass und klebrig war.

»Tut mir Leid, alter Knabe. Du kommst ein bisschen spät«, sagte ich zu ihm. »Du bist uns leider keine große Hilfe gewesen.«

Daraufhin schleckte er mich noch mehr ab. Dann begrüßte er Mindy und Mike.

»Jaaaa! Wir sind draußen! Wir sind draußen!«, schrie Mike und schlug mir so heftig auf den Rücken, dass ich schon dachte, mir würden alle Zähne rausfallen!

Ich wandte mich zu meiner Schwester um. »Kille! Kille! Kille!«, rief ich im Takt.

»Hör bloß auf!«, sagte Mindy und rollte wohl zum tausendsten Mal an diesem Tag mit den Augen.

»Kille! Kille! Kille!« Ich vollführte Kitzelbewegungen mit den Händen und jagte sie die Straße entlang.

»Joe – hör auf! Kitzle mich ja nicht! Ich warne dich!«

»Kille! Kille! Kille!«

Mir war klar, dass ich die schrillen Sprechchöre nie mehr vergessen würde. Ich würde sie noch für lange, lange Zeit in meinen Träumen wiederhören.

Am nächsten Abend sahen Mindy und ich im Wohnzimmer den Musiksender MTV, als Dad nach Hause kam.

»Seid bloß nett zu eurem Dad«, hatte Mom uns kurz zuvor gewarnt. »Er ist ziemlich sauer, weil jemand diese beiden Gartenzwerge geklaut hat.«

Ja, die beiden Zwerge hatten gefehlt, als wir aufgewacht waren.

Was für eine Überraschung!

Mindy und ich waren so glücklich, dass wir uns den ganzen Tag lang nicht ein einziges Mal stritten.

Und nun freuten wir uns darüber, Dad zu sehen – wenn er nur nicht so einen seltsamen Ausdruck im Gesicht gehabt hätte. »Ähm … ich habe eine kleine Überraschung mitgebracht«, verkündete er mit einem schuldbewussten Blick zu Mom.

»Was ist es denn *diesmal?*«, wollte sie wissen.

»Kommt und guckt es euch an.« Dad führte uns in den Vorgarten.

Die Sonne verschwand hinter den Bäumen und der Himmel war grau. Trotzdem konnte ich klar und deutlich sehen, was Dad diesmal im *Prachtgarten* gekauft hatte.

Einen riesigen braunen Gips-Gorilla!

Er war mindestens zweieinhalb Meter groß, mit großen schwarzen Augen und einem leuchtend pinken Brustkasten. Seine Hände waren so groß wie Baseballhandschuhe und sein Kopf hatte die Größe eines Basketballs.

»Das ist das hässlichste Ding, das ich je gesehen habe!«, schrie Mom, beide Hände ans Gesicht gepresst. »Du wirst dieses scheußliche Monster doch nicht im Ernst in unseren Vorgarten stellen – oder, Liebling?«

Alles ist besser als diese Gartenzwerge, dachte ich. Alles ist besser als Gartenzwerge, die zum Leben erwachen und schrecklichen Unfug anstellen.

Ich schielte zu Mindy hinüber. Ich hatte das Gefühl, dass sie dasselbe dachte.

»Ich finde, er ist eine richtige Schönheit, Dad«, sagte ich. »Das ist der bestaussehende Gorilla, den ich je gesehen habe!«

»Er ist toll, Dad«, stimmte Mindy mir zu.

Dad strahlte.

Mom drehte sich um und eilte kopfschüttelnd zurück ins Haus.

Ich warf einen Blick auf das gewaltige pink-braune Gesicht des Gorillas. »Sei ein guter Gorilla«, murmelte ich. »Und benimm dich bloß nicht so wie diese fürchterlichen Gartenzwerge.«

Ich wandte mich zum Gehen um.

Und da blinzelte mir der Gorilla zu.

Der Geisterhund

1

Zum millionsten Mal in dieser Nacht strampelte ich mir die Decke von den Beinen und sprang aus dem Bett.

Diesmal hatte ich wirklich etwas gehört. Und diesmal war es ganz bestimmt nicht der Wind gewesen. Ich höre ständig irgendetwas. Aber egal was ich auch höre, Mom sagt immer nur: »Das ist der Wind, Cooper. Nur der Wind.«

Aber der Wind klingt nicht wie schwere Schritte, die über Blätter rascheln. Und genau das war es, was ich diesmal gehört hatte. Eindeutig.

Ich trat ans Fenster, beugte mich vor und spähte hinaus. Draußen war es ganz schön gespenstisch.

Ich kniff die Augen zusammen, um in der Dunkelheit besser sehen zu können. Beug dich nur nicht zu weit raus, dachte ich. Pass bloß auf, dass *wer* oder *was* auch immer da draußen ist, dich nicht sieht.

Ich suchte den Garten hinterm Haus mit den Augen ab. Dann hob ich den Kopf – und da entdeckte ich sie. Nur wenige Meter entfernt. Riesige, schwarze, knorrige Arme. Die sich dem Fenster entgegenstreckten.

Bereit, mich zu packen.

Nein. Es waren nur die Äste der alten Eiche.

Ist ja schon gut. Ich hab doch *gesagt*, dass es draußen stockdunkel war!

Noch einmal ließ ich meinen Blick über den Garten hinterm Haus wandern. Da – da war es wieder, das Rascheln!

Ich duckte mich und kauerte mich mit zitternden Beinen nieder. Der kalte Schweiß brach mir aus allen Poren.

Raschel. Raschel.

Lauter als zuvor.

Ich schluckte und spähte noch einmal hinaus. Etwas bewegte sich im Schatten. Unter der Eiche. Ich hielt den Atem an.

Raschel. Raschel, raschel.

Eine Windbö fegte wütend durch die Äste.

Raschel, raschel, raschel.

Das Furcht erregende Geräusch wurde lauter. Näherte sich dem Haus.

Plötzlich blitzten zwei Augen in der Dunkelheit auf. Meine Kehle war auf einmal wie ausgedörrt. Ich wollte schreien, brachte aber keinen Ton heraus.

Wieder blitzten die Augen auf. Dieses Mal waren sie näher am Haus. Direkt vor meinem Fenster.

Sie starrten mich an.

Kamen auf mich zu.

Der dunkle Schemen des Ungeheuers begann Gestalt anzunehmen. Es war ein …

… Häschen??

Ich stieß einen langen Seufzer der Erleichterung aus.

Dies war die erste Nacht in unserem neuen Haus – und ich zitterte bereits vor Angst und Panik.

Ich schlurfte ins Badezimmer, um mir ein Handtuch zu holen. Während ich mir den Schweiß von der Stirn wischte, betrachtete ich mein Spiegelbild im Schränkchen.

Immer wenn ich mich fürchte, treten meine Sommersprossen auffällig hervor. Und da waren sie auch schon, Millionen davon.

Ich fuhr mir mit den Fingern durchs Haar. Ich trage es lang, um meine großen, schlaff herabhängenden Ohren zu verbergen.

Diese riesigen Ohren habe ich schon mein ganzes Leben lang. Mom sagt immer, ich solle mir wegen der Ohren keinen Kopf machen. Ich würde noch wachsen und dann würden sie zu mir passen. Aber mittlerweile bin ich zwölf und nichts hat sich geändert. Meine Ohren sind immer noch riesig. Riesig und schlaff.

Die meiste Zeit trage ich eine Kappe, um sie halbwegs zu verbergen. Es ist meine Lieblingskappe und sie stammt von meiner Lieblingsbaseballmannschaft – den Red Sox. Deshalb macht es mir nichts aus, sie zu tragen.

»Ein Häschen«, murmelte ich vor mich hin, während ich mich im Spiegel betrachtete. »Ich habe mir von einem Häschen Angst einjagen lassen.«

Ich hatte den ganzen Tag überstanden, ohne mich ein einziges Mal zu fürchten. Das ist ziemlich gut für mich.

Dort, wo ich vorher lebte – in Boston, Massachusetts – haben sich Gary und Todd, meine besten Freunde, immer über mich lustig gemacht.

»Cooper«, sagten sie, »an Halloween fürchtest du dich wahrscheinich vor dir *selbst*!«

Sie hatten Recht, ich fürchte mich oft. Manche Leute fürchten sich eben schneller als andere. Ich gehöre zu denen, denen man leicht Angst einjagen kann.

Nimm zum Beispiel das letzte Sommerferienlager. Damals habe ich mich auf dem Weg zur Waschhütte im Wald verlaufen. Und was habe ich da getan?

Nichts. Ich bin einfach stehen geblieben.

Als die anderen Jungs aus meiner Hütte mich schließlich fanden, zitterte ich am ganzen Leib. Dabei stellte es sich heraus, dass ich die ganze Zeit nur ein paar Meter vom Speisesaal entfernt gestanden hatte.

Na gut, ich geb's ja zu. Was Mut betrifft, bin ich nicht gerade Indiana Jones!

Als mir meine Eltern verkündeten, dass wir aus der Großstadt weg in ein kleines Haus im Wald ziehen würden, hat mich das ziemlich nervös gemacht.

Vielleicht hatte ich sogar Angst.

Angst davor, die Wohnung, in der ich mein ganzes Leben verbracht hatte, zu verlassen.

Angst vor einem Haus im Wald.

Und dann erfuhr ich auch noch, dass unser neues Haus *tief* im Wald lag, irgendwo in Maine. Meilen von der nächsten Stadt entfernt.

Die einzigen zwei Gruselbücher, die ich je gelesen habe, spielen in Maine. Im Wald.

Aber ich hatte keine Wahl. Wir zogen um. Moms neuer Job war in Maine und es gab nichts, was ich gegen den Umzug hätte tun können.

Ich verließ das Badezimmer und schlich zu meinem Bett zurück. Die Dielen knarrten und knackten bei jedem Schritt. Es würde mir schwer fallen, mich daran zu gewöhnen.

Es würde mir ebenfalls schwer fallen, mich an all die anderen seltsamen Geräusche zu gewöhnen, die dieses alte Haus machte. Das Scheppern der Wasserrohre. Das Klappern der Fensterläden. Und an all die übrigen unheimlichen Laute, die Stunde um Stunde ertönten.

Beim Abendessen sagte Mom, diese dumpfen Geräusche rührten nur daher, dass das Haus »arbeitet«.

Was immer das bedeuten soll.

Immerhin sagte sie nicht: »Das ist nur der Wind, Cooper.«

Ich hüpfte ins Bett und zog mir die Decke bis zum Kinn hoch. Dann schüttelte ich die Kissen zwei- oder dreimal auf, um es mir so richtig bequem zu machen. Im Bett fühlte ich mich gleich ein bisschen sicherer.

Ich liebe mein Bett. Mom wollte es auf den Müll werfen, als wir umzogen. Sie sagte, ich bräuchte ein neues. Aber ich sagte, das käme überhaupt nicht in Frage. Ich habe Jahre dafür gebraucht, es richtig einzuliegen. Die Matratze hat inzwischen die richtige Anzahl von Huppeln und sie sitzen genau an den richtigen Stellen.

In der Dunkelheit schaute ich mich in meinem neuen Zimmer um. Es war irgendwie unheimlich, all meine Sachen in dieser seltsamen Umgebung zu sehen. Als die Möbelpacker meine Sachen am Morgen hereingeschleppt hatten, ließ ich sie die Möbel genauso aufstellen, wie sie in meinem früheren Zimmer gestanden hatten.

Gegenüber von meinem Bett steht ein echt cooles Regal, das Dad für alle meine Schneekugeln gebaut hat. Es hat sogar eine eingebaute Lampe.

Ich kann es kaum erwarten, meine Schneekugeln auszupacken. Ich habe siebenundsiebzig Stück, von überall auf der Welt – sogar aus Australien und Hongkong. Ich glaube, man kann mich wohl einen Schneekugelsammler nennen.

Wie auch immer, beim Gedanken an meine Schneekugeln entspannte ich mich langsam – da hörte ich plötzlich wieder ein Geräusch.

Diesmal war es keine Folge kurzer raschelnder Laute, sondern ein durchgehendes lang gezogenes Rascheln.

Mit einem Ruck setzte ich mich kerzengerade auf. Diesmal war ich mir sicher. Hundertprozentig sicher. Jemand – oder etwas – schlich da draußen herum. Direkt vor meinem Fenster!

Ich warf die Decke ab, ließ mich auf allen vieren auf den Boden nieder und kroch ganz langsam auf das Fenster zu. Dort richtete ich mich vorsichtig auf und spähte hinaus.

Was war das da draußen? Eine Schlange?

Schnell riss ich das Fenster auf, schnappte mir den kleinen Softball, der auf dem Boden lag, und warf ihn nach der Schlange. Dann ließ ich mich rasch wieder auf die Knie sinken und lauschte.

Stille. Kein Rascheln. Kein Knacken.

Ein Volltreffer! Toll!

Ich stand auf und beugte mich vorsichtig aus dem Fenster. Ich war ziemlich stolz auf mich. Immerhin hatte ich meine Familie gerade vor einer tödlichen …

… einem Gartenschlauch beschützt!

Ich stieß einen enttäuschten Schrei aus und schüttelte den Kopf. Krieg dich wieder ein, Cooper!

Wären Gary und Todd hier gewesen, hätten sie mir diese Geschichte für alle Zeiten aufs Butterbrot geschmiert. Sie hätten sich kaputtgelacht.

»Gut gemacht, Coop!«, hätte Gary gesagt. »Du hast deine Familie eben vor einem giftigen Gartenschlauch gerettet!«

»Ja, Super-Cooper hat wieder mal zugeschlagen!«, hätte Todd dazu gesagt.

Ich kroch ins Bett zurück und drückte die Kissen noch einmal zurecht. Dann schloss ich die Augen, so fest ich konnte.

Das war's, sagte ich mir. Ich werde nicht *noch* einmal aufstehen. Es ist mir völlig schnuppe, was ich als Nächstes höre. Ich werde nicht noch einmal aus dem Bett steigen. Egal, was passiert.

Doch dann hörte ich wieder etwas. Einen anderen Laut diesmal.

Einen Laut, der mir fast das Herz aus der Brust springen ließ.

Atmen.

Tiefe, schnelle Atemzüge.

In meinem Zimmer.

Unter meinem Bett!

2

Ich bewegte mich nicht.

Ich *konnte* mich gar nicht bewegen.

Ich starrte zur Zimmerdecke hoch und lauschte. Lauschte auf die keuchenden Atemzüge unter meinem Bett.

Okay, Cooper, sagte ich zu mir. Beruhige dich. Wahrscheinlich bildest du dir das nur ein. Deine Fantasie spielt dir mal wieder einen Streich.

Das Atmen wurde lauter und noch keuchender.

Ich hielt mir die Ohren zu und kniff die Augen fest zusammen.

Es ist nichts. Es ist nichts. Es ist nichts.

Das ist ein altes Haus, dachte ich, während ich mir noch immer die Ohren zuhielt. Alte Häuser müssen atmen – oder nicht?

Was hatte Mom gesagt? Es arbeitete? Ja, das musste es sein. Das Haus arbeitete.

Oder vielleicht sind es die Rohre. In unserer früheren Wohnung in Boston hatten die Rohre ständig die verrücktesten Geräusche gemacht. Ich wette, das ist es – es sind die Rohre.

Ich ließ die Hände sinken.

Nun herrschte Stille.

Wahrscheinlich war ich drauf und dran, den Verstand zu verlieren.

Wenn ich das Gary und Todd erzählte, würden sie sich vor Lachen kugeln.

In dem Moment setzten die Atemgeräusche wieder ein. Heiser, fast röchelnd. Wie von einem kranken Tier.

Ich konnte nicht einfach so liegen bleiben. Ich musste herausfinden, was das war.

Ich schwang die Beine aus dem Bett, holte tief Luft und ließ mich auf den Boden hinabgleiten.

Behutsam hob ich die Decke an, die vom Bett herabhing. Dann senkte ich vorsichtig, ganz vorsichtig den Kopf und spähte unters Bett.

Genau in diesem Moment schossen Hände darunter hervor – und packten mich. Zwei kräftige, kalte Hände. Sie legten sich um meinen Hals und drückten langsam zu.

3

Ich brüllte.

So laut, dass es mich selbst verblüffte.

Mein Angreifer musste genauso überrascht gewesen sein, denn er ließ meinen Hals augenblicklich los. Ich griff mir mit den Händen an den Hals und schnappte nach Luft.

»Cooper, wirst du wohl leise sein?«, wisperte eine Stimme. »Sonst weckst du noch Mom und Dad!«

Oh, Mann!

Es war Mickey, mein total fieser älterer Bruder.

»Mickey! Du Idiot!«, schrie ich. »Du hast mich zu Tode erschreckt!«

Mickey glitt unter dem Bett hervor und klopfte sich Staub vom Schlafanzug. »Dazu gehört ja wohl nicht viel«, meinte er.

»Halt die Klappe«, schnauzte ich ihn an, während ich mir den schmerzenden Hals rieb. Im Spiegel konnte ich sehen, wo Mickeys Hände mich gepackt hatte. Dunkelrote Flecken zeigten sich auf meinem Hals.

»Sieh nur, was du getan hast!«, schrie ich. »Du weißt *genau*, dass ich schnell Blutergüsse bekomme!«

»Ach komm, führ dich doch nicht so auf wie ein Baby! Ich hab dir einen ganz schönen Schrecken eingejagt, Mann!«, rief Mickey und grinste.

Ich starrte meinen idiotischen Bruder böse an. Ich wünschte mir, ich hätte ihm sein Grinsen vom Gesicht wischen können – ohne dafür büßen zu müssen.

»Du Blödmann!«, war schließlich alles, was mir dazu einfiel.

»Werd erwachsen!«, kläffte Mickey zurück und ging

zur Tür. Dort drehte er sich noch einmal um. »Möchte Klein-Cooper vielleicht gerne ein Nachtlicht neben seinem Bett?«, fragte er mit piepsiger Babystimme.

Da vergaß ich mich. Wütend rannte ich auf ihn zu, sprang auf seinen Rücken und hämmerte ihm mit den Fäusten auf den Kopf.

»He!«, brüllte er, während er versuchte, mich abzuschütteln. »Was fällt dir ein? Geh runter von mir!«

Durch mein Gewicht knickten Mickey die Beine ein und er stürzte zu Boden. Doch ich krallte mich an seinem Rücken fest und drosch weiter auf ihn ein.

Mickey ist drei Jahre älter als ich und ein ganzes Stück größer. Aber ich hatte ihn gut im Griff und konnte ein paar ordentliche Treffer landen.

Doch dann rollte er sich herum.

Und fing an zurückzuschlagen. Zum Glück konnte er mir nur einen einzigen wirklich guten Schlag verpassen, bevor Mom und Dad ins Zimmer gestürzt kamen, um die Sache zu beenden.

»Cooper! Mickey! Was ist hier los?«

»Er hat angefangen!«, rief ich sofort, während ich weiter Mickeys Fäusten ausweichen musste.

Mein Vater zog Mickey von mir herunter. »Es ist mir egal, wer angefangen hat!«, sagte er zornig. »Es ist keine Art, sich in der ersten Nacht im neuen Haus so aufzuführen! Mickey, verschwinde auf dein Zimmer!«

»Aber, Dad, er ...«

»Erzähl mir nicht, wer angefangen hat. Ihr gewöhnt euch euer Benehmen besser ab – und zwar auf der Stelle! Denn wenn so was noch mal passiert, fängt das Schuljahr für euch beide mit Hausarrest an!«

Murrend stampfte Mickey aus dem Zimmer. Allerdings nicht, ohne mir vorher noch die Zunge herauszustrecken. Mickey war das Baby, nicht ich.

»Wirklich, Dad, Mickey hat damit angefangen«, sagte ich, als er gegangen war.

»Und du bist völlig unschuldig, stimmt's?«, fragte mein Vater und rollte mit den Augen.

»Ja«, beharrte ich.

Dad schüttelte nur den Kopf. »Geh schlafen, Cooper.«

Als meine Eltern gegangen waren, lief ich unruhig im Zimmer auf und ab und rieb mir den Hals.

Ich war so sauer!

Es war nicht das erste Mal, dass Mickey so eine Nummer abgezogen hatte. Solange ich zurückdenken kann, hat mir Mickey immer Streiche gespielt und versucht, mir Angst einzujagen.

Und normalerweise gelingt ihm das auch.

Einmal, als Mom und Dad übers Wochenende verreist waren, versteckte er einen Kassettenrekorder in meinem Zimmer, der die ganze Nacht Furcht erregende Schreie abspielte.

Und ein anderes Mal holte er mich nicht vom Baseballtraining ab. Er ließ mich einfach mutterseelenallein auf dem Sportplatz stehen, während er sich versteckt hielt und zusah, wie ich in Panik geriet.

Aber sich heute Nacht unter meinem Bett zu verstecken, war das Allerschlimmste. Er ist wirklich einer der größten lebenden Vollidioten.

Ich legte mich wieder ins Bett und starrte an die Zimmerdecke. Ich musste eine Möglichkeit finden, es Mickey heimzuzahlen.

Was konnte ich tun? Mich draußen vor seinem Fenster verstecken und kreischen?

Hinter dem Duschvorhang hervorspringen, wenn er sich gerade die Zähne putzte?

Nein, das war alles zu doof. Es musste etwas Geniales sein. Etwas so Unheimliches, dass es mir selbst Angst einjagen würde. Obwohl ich diesmal derjenige war, der es ausführte.

Ich beobachtete die unheimlichen Schatten, die über die Wände und die Zimmerdecke huschten. Zugleich lauschte ich auf die schaurigen Geräusche, die das neue Haus machte – Geräusche, die ich für den Rest meines Lebens würde hören müssen.

Die Wasserrohre klapperten. Ein Hund bellte.

Einen Moment mal!

Ein Hund?

Ich setzte mich auf. Wir haben keinen Hund. Und im Umkreis von mehreren Meilen gibt es hier kein anderes Haus.

Und dennoch – ich hörte eindeutig einen Hund bellen.

Ich lauschte angestrengt. Der Hund bellte erneut, dann verwandelte sich das Bellen in ein sehnsüchtiges Heulen.

Ich seufzte und schlug die Decke zurück, um aus dem Bett zu klettern. Doch dann dämmerte es mir.

Mickey!

Das musste schon wieder einer der geistlosen Streiche meines Bruders sein. Er konnte hervorragend wie ein Hund bellen. Das übte er ständig.

Lächelnd vergrub ich mich wieder in die Kissen. Ich würde nicht aufstehen. Das kam überhaupt nicht in Frage!

Ruhig lag ich da und hörte zu, wie Mickey einen Narren aus sich machte. Wie er wie ein großer Hund heulte und bellte.

Was für ein Hohlkopf!

Plötzlich setzte ich mich mit einem Ruck auf, denn jetzt hörte ich *zwei* Hunde heulen.

Nicht einmal Mickey konnte das vortäuschen!

Das Heulen verwandelte sich in durchdringende Schreie. Ganz nahe. Direkt unter meinem Fenster.

Wie gesagt hatte ich den ganzen Tag überstanden, ohne

mich ein einziges Mal zu fürchten. Aber, Junge, das holte ich an diesem Abend gründlich nach!

Zum millionunddritten Mal schlich ich mich zum Fenster. Ich konnte sie ganz deutlich hören: zwei Hunde, die jaulten und heulten.

Zum millionunddritten Mal spähte ich zum Fenster hinaus.

Doch zum *ersten* Mal konnte ich nicht glauben, was ich sah.

4

Ich sah nichts.

Überhaupt nichts. Keine Hunde. Nicht einen einzigen.

Ich blinzelte in den Garten. Er war leer.

Wie konnten sie so schnell verschwunden sein?

Ich blieb noch ein paar Sekunden lang am Fenster stehen, aber es tauchten keine Hunde auf.

Ich fröstelte. Ich werde bestimmt nie wieder ein Auge zumachen, dachte ich. Nicht, solange ich hier leben muss.

Ich kroch wieder ins Bett und zog mir die Decke bis zum Kinn hoch. Dann zählte ich die grünen und blauen Schnörkel auf der Tapete neben meinem Kopf.

Ich schätze, dass ich schließlich irgendwann doch einschlief. Als ich die Augen aufschlug, fiel Tageslicht durchs Fenster herein.

Gähnend schaute ich auf den Wecker. Sechs Uhr dreißig. Ich bin für gewöhnlich ein Frühaufsteher. Ich beginne den Tag gerne so früh wie möglich.

Ich sprang aus dem Bett und schaute in den Garten hinaus. Im Morgenlicht wirkte er nicht halb so gruselig.

Ich lächelte, als mein Blick auf den Kletterturm hinten im Garten fiel. Den hatten die früheren Besitzer des Hauses aufgestellt. Zu ihm gehörten eine Rutschbahn und eine echt hohe Sprossenwand. Am Tag zuvor hatte Dad an einem der Balken ein Seil mit einem Autoreifen angebracht und so gab es nun auch eine Schaukel.

Hinter dem Kletterturm breitete sich ringsum der Wald aus. Dichter Wald, in dem die verschiedensten Bäume, Sträucher und andere Pflanzen wucherten. Der Wald umgab unser Haus von drei Seiten und schien sich unendlich auszudehnen.

Ich zog mich rasch an: eine Jeans und ein frisches Red-Sox-T-Shirt. Dann schnappte ich mir meine Baseballkappe, flog fast durchs Haus und rannte hinaus.

Es war ein herrlicher Sommertag! Sonnig und warm. Wäre ich noch in meiner alten Heimat Boston gewesen, hätte ich mich auf mein Fahrrad geschwungen und wäre zu Gary oder Todd gefahren. Dann hätten wir den ganzen Tag im Freien verbracht und auf dem Sportplatz Softball gespielt. Oder einfach nur herumgealbert.

Aber ich war nicht mehr in Boston. Daran musste ich mich besser rasch gewöhnen, dachte ich mir.

Ich hatte gehofft, dass in der Nachbarschaft ein paar coole Kinder wohnten.

Aber als wir am Vortag zu unserem Haus gefahren waren, hatte ich nirgendwo ein anderes Haus entdecken können. Ich ging davon aus, dass ich die nächsten Tage alleine verbringen musste – bis die Schule in der folgenden Woche begann.

Ich schlenderte zum Kletterturm und schaukelte eine Weile auf dem aufgehängten Autoreifen hin und her. Hin und her. Dabei betrachtete ich das Fenster meines Zimmers von außen. Hin und her. Hin und her. Ich erinnerte mich an die vergangene Nacht.

Erinnerte mich daran, wie tapfer Super-Cooper gewesen war. Igitt!

Hin und her. Hin und her.

Erinnerte mich an die Hunde.

He, das ist irgendwie merkwürdig, dachte ich. Diese Hunde, die ich gehört habe, müssten doch eigentlich überall im Garten Abdrücke hinterlassen haben. Doch ich konnte keinen einzigen entdecken.

Komisch. Ich war mir *sicher*, dass hier letzte Nacht Hunde gewesen waren.

Ich schaute zum Waldrand hinüber. Vielleicht hatten sich die Hunde verirrt, dachte ich. Vielleicht waren sie vergangene Nacht zu unserem Haus gekommen, weil sie Hilfe brauchten.

Vielleicht sollte ich versuchen, sie zu finden.

Ich biss mir auf die Unterlippe. Ein Kind konnte sich leicht auf alle Zeiten in diesem Wald verirren, dachte ich nervös.

Nun, ich riskier's, beschloss ich. Heute ist mein erster Tag als neuer Mensch. Und diesmal wirklich als Super-Cooper. Ich wollte die beiden Hunde finden. Um mir zu beweisen, dass ich nicht langsam verrückt wurde.

Und vielleicht würde mir Dad sogar erlauben, einen der beiden Hunde zu behalten. Einen Hund zu haben, war bestimmt sehr lustig!

Ich hatte mir schon immer einen kleinen Hund gewünscht. Aber Mom behauptete, Hundehaare würden sie zum Niesen bringen. Nun, vielleicht würde sie ihre Meinung ja ändern.

Ich holte tief Luft, ehe ich den Wald betrat. Überall standen beeindruckende Bäume herum. Ich sah wunderschöne alte Birken mit glatten weißen Stämmen. Und ich sah Sassafras- und Ahornbäume mit knorrigen dicken Stämmen.

Die könnten über hundert Jahre alt sein, schoss es mir durch den Kopf. Irre!

Vielleicht kann Dad hier ein Baumhaus bauen, dachte ich aufgeregt. Das wäre echt cool. Wenn Gary und Todd mich dann besuchen kämen, könnten wir uns dort aufhalten.

Ich richtete die Augen beim Gehen auf den Boden und hielt nach irgendwelchen Spuren Ausschau.

Nichts. Keine Pfotenabdrücke. Keine zerbrochenen Zweige.

Wie sonderbar! Dabei hatte ich in der vergangenen Nacht ganz eindeutig Hunde gehört.

Oder vielleicht hatte ich nur *gedacht*, ich hätte Hunde gehört. Immerhin war es ganz schön spät und ich war ziemlich müde gewesen. Vielleicht hatte ich mir das Bellen und Jaulen nur eingebildet.

Oder vielleicht steckte ja doch Mickey dahinter.

Vielleicht hatte er einen Hund auf Kassette aufgenommen und dann zu der Aufnahme gebellt, damit es klang, als wären es zwei Hunde.

So etwas würde er fertig bringen.

Er ist ziemlich raffiniert.

Ich musste ihm das unbedingt heimzahlen. Mit etwas richtig Gruseligem. Vielleicht konnte ich ja hier draußen im Wald irgendetwas machen.

Während ich zwischen den Bäumen und hohem Unkraut hindurch spazierte, dachte ich unablässig darüber nach, wie ich Mickey einen Schrecken einjagen konnte.

Plötzlich fiel mir auf, dass ich gar nicht darauf geachtet hatte, wohin ich ging.

Ich fuhr herum und spähte zwischen den dicken Baumstämmen hindurch.

Unser Haus! Ich konnte es nicht mehr sehen!

Okay, Cooper, bleib ruhig! Du kannst noch nicht besonders weit weg sein, sagte ich mir.

Aber meine Handflächen wurden nass vor Schweiß.

Ich schluckte, dann versuchte ich mich daran zu erinnern, aus welcher Richtung ich gekommen war. Eindeutig von links. Nein, Moment. Vielleicht doch von rechts.

Ich ließ den Kopf hängen und stöhnte.

Es nützt nichts, dachte ich. Ich habe mich verlaufen. Hoffnungslos verirrt.

5

Ich wollte auf keinen Fall weinen.

Wer wollte schon von Mickey mit feuchten, roten Augen gesehen werden? Er würde mir das ewig aufs Butterbrot schmieren.

Außerdem war heute mein erster Tag als neuer Mensch. Als neuer Super-Cooper.

Ich holte ganz tief Luft und gab mir alle Mühe, mich zu beruhigen.

Ich beschloss, ein Stück nach rechts zu gehen. Wenn ich unser Haus dann nicht sehen konnte, würde ich doppelt so weit nach links gehen.

Einen Versuch war es wert. Was hatte ich schon zu verlieren? Ich hatte mich ohnehin schon verlaufen. Ich wandte mich nach rechts und versuchte einen möglichst geraden Weg einzuschlagen.

Das Knacken von Ästen ließ mich herumfahren.

Niemand da.

Wahrscheinlich war es nur ein harmloses Eichhörnchen oder so was, sagte ich mir. Geh einfach weiter.

Ich setzte den eingeschlagenen Weg fort. Doch schon beim ersten Schritt hörte ich hinter mir Blätter rascheln.

Diesmal drehte ich mich nicht um, sondern legte einen Zahn zu.

Und hörte es wieder.

Zweige knackten und Blätter raschelten.

Plötzlich war mein Hals wie ausgedörrt. *Nur keine Panik! Nur keine Panik!* »Wer ist da?«, krächzte ich.

Keine Antwort.

Ich drehte mich um.

O nein! Wo war ich bloß langgegangen? In meinem Kopf begann sich alles zu drehen. Mir wurde schwindlig. Zu schwindlig, um mich daran erinnern zu können, woher ich gekommen war.

Knack. Knack Raschel. Knister.

»Wer ist da?«, rief ich noch einmal laut. Meine bebende Stimme klang nicht gerade nach Super-Cooper.

»Mickey, bist du das? Das ist nicht witzig! Mickey?«

Dann fühlte ich, wie mir etwas über die Wange streifte. Etwas grässlich Kaltes und Kratziges.

Ich konnte nicht anders – ich schrie.

6

Ein Blatt, nur ein blödes Blatt.

Komm schon, Cooper! Reiß dich zusammen!

Für einen Augenblick setzte ich mich auf den Boden. Ich schaute auf meine Armbanduhr. Es war kurz vor acht.

Bald würde Dad in den Garten gehen. Er hatte sich vorgenommen, an diesem Morgen als Erstes unseren neuen Holzkohlengrill aufzustellen. Am besten wartete ich darauf, dass er zu hämmern begann, und ging dann in die Richtung, aus der das Hämmern kam.

Gute Idee, dachte ich. Ich bleibe hier einfach sitzen und warte. Warte auf das Hämmern.

Da hörte ich hinter mir ein Rascheln.

Das sind nur die Blätter, sagte ich mir. Die doofen Blätter. Trotzdem schielte ich verstohlen zu den Bäumen hinauf. Ich legte meinen Kopf weit zurück – und da packte mich jemand am Arm.

Ich zuckte zurück, sprang auf und rannte los.

Und stolperte über meine eigenen Füße.

Als ich mich hochrappelte, riss ich die Augen auf.

Ein Mädchen.

Sie war etwa in meinem Alter und hatte langes, rotes Haar. Es war kraus und stand in einer Million Richtungen ab. Sie hatte große grüne Augen, trug ein hellrotes T-Shirt und rote Shorts. Sie erinnerte mich an eine Flickenpuppe, ähnlich wie die, die Todds kleine Schwester immer mit sich herumschleppte.

»Alles in Ordnung mit dir?«, fragte sie, die Hände in die Hüften gestemmt.

»Ja, alles klar«, murmelte ich.

»Ich wollte dich nicht erschrecken«, sagte sie.

»Du hast mich nicht erschreckt«, log ich.

»Ehrlich«, sagte sie. »Ich wäre auch erschrocken, wenn mich jemand so gepackt hätte. Das wollte ich wirklich nicht.«

»Ich hab's dir doch gesagt«, sagte ich giftig. »Ich bin nicht erschrocken.«

»Na gut. Tut mir Leid.«

»Was tut dir Leid?«, fragte ich. Das war das sonderbarste Mädchen, das mir jemals untergekommen ist.

»Ich weiß nicht genau«, antwortete sie mit einem Achselzucken. »Es tut mir einfach Leid.«

»Nun, dann kannst du jetzt jedenfalls aufhören, dich zu entschuldigen«, erkärte ich ihr. Ich wischte mir die Erde von den Klamotten, hob meine Baseballkappe auf und setzte sie mir rasch auf den Kopf. Um meine Ohren zu verbergen.

Das Mädchen starrte mich an. Sie stand einfach da und starrte. Ohne ein Wort zu sagen. Starrte sie etwa auf meine Ohren?

»Wer bist du?«, fragte ich schließlich.

»Margaret Ferguson«, antwortete sie. »Aber alle nennen mich Fergie. So wie die Herzogin.«

Ich hatte keinen Schimmer, von welcher Herzogin sie redete. Aber ich tat so, als wüsste ich es.

»Ich wohne da drüben«, sagte sie und zeigte hinter sich.

»Ich dachte, dass hier im Umkreis von Meilen niemand lebt«, sagte ich.

»Doch, es gibt in der Gegend ein paar Häuser, Cooper. Sie liegen nur ziemlich weit verstreut.«

»Huch! Woher kennst du meinen Namen?«, fragte ich sie misstrauisch.

Margaret oder Fergie oder wie immer sie sonst hieß, lief knallrot an.

»Ich, ähm, habe gestern beobachtet, wie ihr eingezogen seid«, gestand sie.

»Ich hab dich aber nicht gesehen«, entgegnete ich.

»Das liegt daran, dass ich mich im Wald versteckt habe«, sagte sie. »Ich habe gehört, wie dein Vater dich Cooper rief. Und ich kenne auch deinen Familiennamen: Holmes. Er stand auf allen Kisten im Möbelwagen. Und ich weiß auch, dass du einen Bruder hast, der Mickey heißt«, setzte sie hinzu. »Er ist ein Idiot.«

Ich lachte. »Das hast du richtig erkannt!«, rief ich. »Und wie lange lebst du schon in der Gegend?«

Sie antwortete nicht. Sie hatte den Kopf gesenkt und blickte zu Boden.

»Sag, wie lange …«

Plötzlich riss sie ihren Kopf hoch und schaute mir in die Augen.

»W-was ist denn los?«, fragte ich, als ich ihr angsterfülltes Gesicht sah.

Ihr Gesicht verzerrte sich. Ihre Lippen bebten.

»Margaret!«, schrie ich. »Was ist? Was ist denn?«

Sie öffnete den Mund, brachte aber kein Wort heraus. Sie atmete keuchend und rang nach Luft. Schließlich krallte sie ihre Hände in meine Schultern und schob ihr Gesicht ganz dicht an meines heran.

»Hunde«, wisperte sie. Dann ließ sie mich los und rannte davon.

Einen Moment lang stand ich wie erstarrt da. Dann jagte ich ihr hinterher. Sie kam bis zu einem großem Baumstumpf, bevor ich sie einholte. Ich packte sie hinten am T-Shirt und drehte sie zu mir herum.

»Margaret, was meinst du mit ›Hunde‹?«, fragte ich sie.

»Nein! Nein!«, schrie sie. »Lass mich los! Lass mich los!«

Ich hielt sie beharrlich fest.

»Lass mich los! Lass mich los!«, schrie sie noch einmal.

»Margaret, was hast du damit gemeint?«, wiederholte ich. »Es ist wichtig! Wieso hast du ›Hunde‹ gesagt?«

»Hunde?« Sie machte große Augen. »Ich kann mich nicht daran erinnern, dass ich das gesagt habe.«

Mir klappte der Kiefer herunter. »Das hast du aber!«, beharrte ich. »Du hast mich angesehen und gesagt: ›Hunde‹! Ich hab's genau gehört!«

Sie schüttelte den Kopf. »Nein, daran kann ich mich nicht erinnern«, antwortete sie nachdenklich.

Also, ich habe in meinem Leben ja schon die merkwürdigsten Teenager erlebt, aber Margaret stellt sie alle in den Schatten. Neben ihr wirkt selbst Mickey beinahe normal.

Beinahe.

»Okay«, sagte ich und gab mir Mühe, ruhig zu klingen. »Folgendes ist passiert: Du bist ausgeflippt. Dann hast du mich gepackt und hast ›Hunde‹ gesagt. Und dann bist du wieder ausgeflippt.«

»Kann mich nicht erinnern«, antwortete sie leise und schüttelte bedächtig den Kopf. »Warum hätte ich das sagen sollen?«

»Ich hab keine Ahnung!«, schrie ich, kurz davor auszurasten. »Schließlich bin nicht ich derjenige, ders gesagt hat!«

Sie schaute sich nach allen Seiten um, ehe sie ihre grünen, verrückten Augen auf mich richtete.

»Hör mir zu, Cooper«, flüsterte sie geheimnisvoll. »Geh weg von hier.«

»Was?«

»Ich warne dich, Cooper! Sag deinen Eltern, ihr müsst sofort von hier wegziehen!« Sie schaute nervös hinter sich, dann wandte sie sich wieder mir zu.

»Bitte – hör auf mich! Verschwinde von hier! So schnell du kannst!«

7

Fergie ließ meine Schulter los und rannte davon.

Zu geschockt, um mich zu bewegen, starrte ich ihr ein paar Sekunden lang nach. Dann entschied ich, dass ich ihr besser nachlief.

»Fergie!«, rief ich ihr hinterher. »Warte auf mich!«

Für ein Mädchen rannte Fergie ganz schön schnell. Im Grunde genommen sind die meisten Mädchen, die ich kenne, schnelle Läuferinnen.

Wer hat überhaupt die Behauptung aufgestellt, sie wären langsamer als Jungs? Im letzten Schuljahr gab es eine Menge Mädchen in meiner Klasse, die jeden Jungen bei einem Rennen schlagen konnten.

Wie auch immer, *ich* jedenfalls bin zufällig ein sehr schneller Läufer. Wenn du dich wie ich vor allem fürchtest, dann lernst du zu laufen – und zwar schnell!

»Fergie!«, rief ich noch einmal. »Bitte! Erzähl mir, was los ist!« Aber ich schaffte es nicht, sie einzuholen.

Doch plötzlich blieb sie zu meiner Überraschung stehen und drehte sich zu mir um. »Hör zu, Cooper«, sagte sie, ruhiger als zuvor. »Dieser Wald ist verhext. Euer Haus ist wahrscheinlich ebenfalls verhext. Geh nach Hause. Geh nach Hause und sag deinen Eltern, dass ihr besser dorthin zurückzieht, wo ihr hergekommen seid.«

»Aber … aber … aber …«, stammelte ich.

»Es ist zu gefährlich hier«, sagte Fergie warnend. »Geht fort, Cooper. So schnell ihr könnt!«

Mit diesen Worten drehte sie sich um und schritt in Richtung ihres Hauses davon.

Diesmal folgte ich ihr nicht. Ich hätte es tun sollen, aber ich hatte ganz vergessen, dass ich mich verirrt hatte.

Ich drehte mich um. Unser Haus liegt wahrscheinlich in der entgegengesetzten Richtung, dachte ich.

Fergie verschwand zwischen den Bäumen. Soll mir recht sein, dachte ich wütend. Es würde mir auch nichts ausmachen, wenn ich ihr nie wieder begegnen würde.

Wieso hatte sie mir das alles erzählt?

Wieso hatte sie gesagt, der Wald sei verhext?

Weil es wahr war?

Sich vorzustellen, meine Eltern hätten ein verhextes Haus in einem verhexten Wald gekauft!

Ich marschierte los, konnte das unheimliche Gefühl, das mich überkommen hatte, aber nicht abschütteln. Es kam mir so vor, als ob mich hundert Augen zwischen den Bäumen hindurch verfolgten.

Ich wünschte mir, Fergie hätte den Mund gehalten.

Je länger ich ging, desto mehr fürchtete ich mich. Mittlerweile war ich mir absolut *sicher*, dass der Wald verhext war. Bevölkert von Geistern, die jeden Schritt verfolgten, den ich machte.

Auf einmal hörte ich in der Ferne ein schwaches Hämmern. Zuerst erschreckte es mich, doch dann wurde mir klar, dass das Dad war, der den Grill zusammenbaute. Ich stieß einen Freudenschrei aus.

»Na also! Ich bin fast zu Hause!« Mein Plan hatte funktioniert.

Ich folgte dem Hämmern.

Plötzlich raschelten Zweige über meinem Kopf und ich machte einen Satz.

Ich starrte nach oben.

Nur ein Vogel.

Ich ging weiter, schaute aber immer noch nach oben – und wäre beinahe kopfüber in einen breiten Bach gefallen.

Das Wasser plätscherte leise gegen das grasbewachsene Ufer. In der Wasseroberfläche spiegelte sich der blassblaue Morgenhimmel.

Komisch, ich hatte den Bach hier zuvor noch gar nicht gesehen.

Ich bückte mich, um das Wasser zu berühren. Es war kalt.

Das ist völlig irre!, dachte ich. Ein richtiger Bach, der praktisch durch unseren Garten fließt!

Da fiel mir wieder ein, dass das nicht mehr lange unser Garten sein würde. Sobald ich meinen Eltern erzählte, was Fergie gesagt hatte, würden wir packen und nach Boston zurückkehren.

Als ich meine Hand am T-Shirt abtrocknete, hatte ich wieder so ein unheimliches Gefühl. Das Gefühl, dass mich Augen beobachteten. Ich riss den Kopf hoch und ich keuchte.

Da waren *wirklich* Augen, die mich beobachteten.

Vier dunkle Augen funkelten mich von der anderen Seite des Baches aus an.

Die Augen zweier riesiger schwarzer Labradorhunde.

Einer der beiden hechelte, die Zunge hing ihm aus dem Maul. Der andere Hund fletschte die Zähne. Hässliche, gelbe Zähne.

Sie stießen beide ein tiefes, drohendes Knurren aus.

Nicht freundlich. Ganz und gar nicht freundlich.

Lauf!, befahl ich mir selbst drängend. Lauf!

Doch meine Beine rührten sich nicht von der Stelle.

Die Hunde beäugten mich hungrig und knurrten.

Dann griffen sie an.

8

Ihre schweren Pfoten dröhnten über den Boden, als sie auf meiner Uferseite angelangt waren und auf mich zustürzten. Ihre Augen glühten vor Aufregung.

Beim Laufen nickten ihre gewaltigen Köpfe auf und ab.

Mit einem entsetzten Aufschrei drehte ich mich um und rannte los.

Wenn ich doch nur fliegen könnte!

»Hilfe!« War *ich* das etwa, der dieses Furcht erregende Heulen ausgestoßen hatte?

Plötzlich sah ich zwischen den Bäumen hindurch einen Lichtfleck aufblitzen – Sonnenlicht, das von der Rutschbahn des Kletterturms reflektiert wurde!

Ja! Fast zu Hause!

Die beiden schwarzen Labradorhunde klebten mir an den Fersen. Ihr heißer Atem strich hinten über meine Beine, und ich fühlte, wie scharfe Zähne über meine Ferse schrappten.

Mit letzter Kraft rannte ich noch schneller. Ich schoss zwischen den Bäumen hindurch und aus dem Wald hinaus. »Dad!«, brüllte ich, während ich auf meinen Vater zurannte.

»Hilf mir!«, kreischte ich. »Die Hunde! Die Hunde!« Ich schlang die Arme um seine Hüfte und klammerte mich an ihm fest.

»Cooper, beruhige dich! Was ist denn in dich gefahren?«, fragte mein Vater, packte mich an den Schultern und sah mich an.

»Die Hunde!«, heulte ich. Ich sträubte mich, ihn loszulassen.

»Cooper, was denn für *Hunde*?«, wollte Dad wissen.

Ich blinzelte ihn verwirrt an. Hörte er sie denn nicht? Konnte er sie nicht sehen?

Ich ließ ihn los und deutete zum Wald.

»Wilde Hunde. Große schwarze Labradors, glaube ich. Sie haben mich gejagt und…«

Ich sah mich wie wild im Garten um. Dad und ich waren alleine.

Kein Bellen.

Kein Knurren.

Die Rutschbahn glitzerte im Sonnenlicht.

Der Reifen schaukelte träge am Seil.

Die Hunde waren verschwunden.

9

»Cooper, das ist doch ein Scherz – oder?«, fragte Dad mich kopfschüttelnd.

»Nein, überhaupt nicht!«, schrie ich. »Sie waren direkt hinter mir. Einer hat mich fast gebissen und…«

»Und dann haben sie sich einfach in Luft aufgelöst!«, stellte Dad fest.

»Komm mit mir in den Wald«, bat ich ihn. »Da müssen sie sein!« Ich rannte zum Waldrand und hielt verzweifelt nach irgendwelchen Spuren Ausschau. Dad folgte mir auf dem Fuß.

Doch es war nichts zu sehen.

Ich machte kehrt und schlich niedergedrückt zum Haus zurück.

Dad sagte kein Wort, bis wir wieder im Garten waren. Er setzte sich auf die Rutschbahn des Kletterturms und musterte mich eindringlich.

»Cooper, erzähl mir, was los ist«, sagte Dad mit sanfter Stimme. Ich konnte genau sehen, dass er der Meinung war, ich hätte mir das alles nur ausgedacht.

»Ich hab's dir doch schon *gesagt*, Dad! Zwei Hunde haben mich durch den Wald gejagt. Sie waren nur ein paar Zentimeter hinter mir! Und einer hat versucht, mir das Bein auszureißen!«

Dad schaute mich weiter mit nachdenklicher Miene an.

»Dad, hör zu«, flehte ich. »Wir müssen von hier wegziehen. Hier können wir nicht bleiben!«

Er stand auf. »Wovon redest du eigentlich, Cooper?«

»Wir müssen nach Boston zurückziehen«, meinte ich hartnäckig. »Wir können hier nicht bleiben!«

»Wieso nicht?«, fragte Dad.

»Wegen diesem Haus!«, schrie ich und meine Stimme überschlug sich. »Es ist verhext!«

»Jetzt aber mal halblang, Cooper …«

»Dad! Hör mir zu«, bettelte ich. »Der Wald … dieses Haus … das ist alles verhext. Das weiß jeder hier in der Gegend! Wir hätten niemals hierher ziehen sollen!«

»Cooper, was du da erzählst, ergibt keinen Sinn«, entgegnete Dad mit leiser, ruhiger Stimme. »Weißt du, alleine durch den Wald zu spazieren, kann ganz schön gruselig sein. Warum gehst du nicht ins Haus und beruhigst dich etwas? Mom hat ein tolles Frühstück vorbereitet. Iss ein paar Waffeln, dann geht es dir gleich wieder besser.« Nun war ich erst *richtig* aufgebracht. Mein eigener Vater glaubte mir nicht!

»Aber Dad, es ist wahr!«, beharrte ich. »Der Wald ist verhext, und dieses Mädchen, das ich dort getroffen habe, hat mich gewarnt und gesagt, wir sollten von hier wegziehen! Sie …«

»Cooper, ich weiß, dass du unglücklich über den Umzug bist«, sagte Dad. »Aber diese wilden Geschichten werden nichts daran ändern. Wir leben jetzt hier.«

»Aber …«

»Wenn die Schule anfängt, wirst du neue Freunde finden und alles wird gut. Also komm jetzt mit hinein. Wenn du erst etwas gegessen hast, fühlst du dich besser.«

Er führte mich zum Haus.

Als Dad mir die Tür aufhielt, drehte ich mich um und schaute noch einmal zum Wald zurück.

Zwischen den Bäumen hervor starrten mir zwei große schwarze Hunde entgegen.

10

Als ich blinzelte, verschwanden die Hunde.

Kopfschüttelnd ging ich in die Küche.

Mickey hatte sein Frühstück schon zur Hälfte beendet, als Dad und ich den Raum betraten. Er hing über seiner Schüssel mit Frühstücksflocken und kicherte wegen irgendetwas. Ich schenkte ihm keine Beachtung.

»Cooper, ich habe frische Waffeln gemacht«, sagte Mom. »Es liegen schon welche auf deinem Teller und warten auf dich.«

Ich setzte mich Mickey gegenüber und gab mir alle Mühe, ihm nicht in sein dämliches Gesicht zu gucken. Ich war immer noch stinksauer auf ihn.

»Mom, kennst du schon unsere Nachbarn?«, fragte ich, während ich mir Ahornsirup über die Waffeln goss.

»Aber sicher«, antwortete Mom. »Dein Vater und ich haben einige unserer Nachbarn vor ein paar Wochen kennen gelernt, als wir hierher kamen, um das Haus zu besichtigen.«

»Habt ihr auch die Fergusons kennen gelernt?«, fragte ich.

Mom blinzelte mit den Augen, während sie überlegte. Dann schüttelte sie den Kopf. »Nein, ich glaube nicht, dass wir sie getroffen haben. Wir haben die Martells kennen gelernt. Joel und Shirley. Sehr nette Leute.« Dann fragte sie: »Wer sind denn die Fergusons?«

Ich antwortete nicht. Stattdessen bohrte ich weiter: »Haben die Martells euch erzählt, dass unser Haus verhext ist?«

Mom lachte. »Nein, Cooper, das haben sie nicht. Das müssen sie glatt vergessen haben«, scherzte sie.

»Haha. Das ist überhaupt nicht zum Lachen«, sagte ich hartnäckig. »Unser Haus ist wirklich verhext. Und der Wald ebenfalls!«

»Cooper, was redest du da?«, wollte meine Mutter wissen.

»Es reicht jetzt, Cooper«, warnte mich mein Vater. »Iss dein Frühstück.«

»Ja«, sagte Mickey prustend. »Iss dein Frühstück, Dumbo.«

Ich konnte fühlen, wie mein Gesicht rot anlief. Ich hasse es, wenn Mickey mich Dumbo nennt. Dumbo ist der Disney-Elefant mit den großen Segelohren.

»Halt die Klappe, Mickey Maus«, gab ich zurück.

»Schluss damit, ihr zwei«, schnauzte Dad.

Wütend rammte ich meine Gabel in die Waffeln. Wie konnte ich sie nur dazu bringen, mir zu glauben? Dachten sie wirklich, ich hätte mir die Geschichte aus den Fingern gesogen?

Ich führte ein Stück Waffel zum Mund und stopfte es hinein.

»Arghhh!« Würgend und hustend spuckte ich das Waffelstück auf den Teller.

»Iiii!«, rief Mickey und grinste. »Igittigitt! Da kann einem aber wirklich der Appetit vergehen!«

Mir liefen Tränen aus den Augen und ich hustete noch ein paar Mal.

»Alles in Ordnung, Cooper?«, fragte Mom.

»Jemand hat mir Salz auf die Waffel gekippt!«, rief ich wütend.

Mickey fing zu lachen an.

Dieser Mistkerl!

Mein Vater stand wortlos vom Tisch auf und stampfte aus der Küche.

So reagiert mein Dad immer, wenn er wütend ist. Er wird ganz still und geht aus dem Zimmer. Strafe setzt es später.

Ich kippte ein Glas Milch hinunter, um den Salzgeschmack aus dem Mund zu bekommen. Mom ging zum Herd und machte mir eine neue Portion Waffeln.

»Mickey«, sagte sie seufzend, »dir ist doch klar, dass

das nicht witzig ist, oder? Also jetzt entschuldige dich bei deinem Bruder.«

»Entschuldigen? Aber das war doch nur ein Scherz!«, beschwerte sich Mickey.

»Wir lachen uns alle halb tot«, murmelte ich grimmig und stürzte ein zweites Glas Milch hinunter. »Du bist echt zum Schießen!«

»Entschuldige dich!«, verlangte meine Mutter noch einmal.

Mickey ließ den Kopf hängen und schaute zu Boden.

Ich verschränkte die Arme vor der Brust. »Ich warte!«, sang ich fröhlich.

Mickey schnitt mir eine grässliche Fratze. Als Mom sich umdrehte, verwandelte er die Grimasse sofort in eine lächelnde Unschuldsmiene.

»Es tut mir Leid, Cooper«, säuselte Mickey. »Es wird nicht wieder vorkommen.« Er blinzelte unschuldig.

Zufrieden wandte sich Mom wieder dem Herd zu. Kaum hatte sie das getan, zog Mickey an seinen Ohren und versuchte sie so lang zu ziehen, wie meine waren.

Ich hatte von Mickeys Faxen genug. Ich schob meinen Stuhl vom Tisch zurück und lief aus dem Raum. Ich hatte wirklich keine Lust, mich schon wieder auf eine Auseinandersetzung mit meinem dämlichen Bruder einzulassen.

Ich hatte Wichtigeres zu tun. Ich musste mit Dad über

die Hunde reden. Ich musste ihn dazu bringen, mir zu glauben.

Dad saß in seinem Lieblingsessel, der in unserem neuen Wohnzimmer seltsam fehl am Platz wirkte. Sogar Dad schien das zu bemerken. Er rutschte unbehaglich darin hin und her.

»Vielleicht wird es Zeit für einen neuen Sessel«, murmelte er.

»Dad, kann ich einen Moment mit dir reden?«, fragte ich ihn.

»Was gibt's, Cooper?«, wollte er wissen, während er Urgroßmutters Stehlampe näher an den Sessel rückte.

»Es geht um die Hunde«, sagte ich.

Dad seufzte. »Also wirklich, Cooper. Machst du nicht ein bisschen viel Wind um die Sache? Was ist schon dabei, wenn du im Wald Hunde gesehen hast? Die können doch irgendwem gehören!«

»Aber sie haben mich gejagt!«, entgegnete ich, während ich schon wieder in Fahrt geriet. »Und dann haben sie sich einfach in Luft aufgelöst! Und nachdem mir das Mädchen erzählt hat, dass der Wald verhext ist…«

»Was für ein Mädchen?«, wollte mein Dad wissen.

»Sie hat gesagt, ihr Name wäre Margaret Ferguson«, erklärte ich ihm. »Ihre Familie wohnt sozusagen nebenan.«

Dad rieb sich das Kinn. »Das ist seltsam«, sagte er.

»Der Immobilienmakler hat die Fergusons gar nicht erwähnt.«

»Nun, ich habe sie jedenfalls heute Morgen kennen gelernt, und sie hat mit erzählt, alle hier in der Gegend wissen, dass unser Haus verhext ist!«

»Vielleicht ist das der Grund, warum wir das Haus so günstig bekommen haben«, murmelte Dad und kicherte.

Ich fand das überhaupt nicht witzig.

Er hörte zu lachen auf und schaute mich ernst an. »Und jetzt vergiss die Hunde, Cooper. Wir werden uns um sie kümmern, wenn du ihnen das nächste Mal begegnest. In der Zwischenzeit werde ich mich in der Stadt umhören, ob irgendjemand weiß, wem sie gehören. In Ordnung?«

»Aber was ist mit dem Haus?«, fragte ich. »Margaret sagt, dass wir so schnell wie möglich ausziehen sollen.«

»Die Waffeln sind fertig!«, rief Mom aus der Küche und unterbrach damit unser Gespräch. »Komm, Cooper. Bevor sie kalt werden.«

»Geh essen«, drängte mich mein Vater. »Und bitte: kein Wort mehr über die Hunde oder darüber, dass das Haus verhext sein soll.«

Mit einem Seufzer kehrte ich in die Küche zurück. Als ich durch die Tür trat, sprang mir plötzlich Mickey laut brüllend entgegen.

Natürlich erschreckte er mich zu Tode.

»Mom!«, kreischte ich.

»Mickey, es reicht!«, brüllte meine Mutter. »Hör jetzt endlich auf, Cooper zu ärgern. Es ist schon schwer genug für ihn, sich an das neue Haus zu gewöhnen.«

»Nein, ist es nicht!«, brüllte ich sie an. Wieso nahm mich keiner ernst?

»Dieses Haus ist verhext! Es wird euch noch Leid tun, dass ihr nicht auf mich gehört habt. Es wird euch noch sehr, sehr Leid tun!«

Mit diesen Worten stürmte ich hinaus und stampfte in mein Zimmer, wo ich mich aufs Bett fallen ließ. Ich schaute mich um. Es waren dieselben alten Sachen um mich herum, aber ich hatte nicht das Gefühl, dass dies mein Zimmer war.

Ich blieb den ganzen Tag über dort. Ich hatte keine Lust, Mickey zu sehen. Mom und Dad wollte ich auch nicht begegnen. Und auf gar keinen Fall wollte ich die Hunde wieder sehen.

Als es Zeit fürs Abendessen war, hatte ich die meisten meiner Sachen ausgepackt. Nun fühlte ich mich schon ein bisschen wohler in dem Zimmer. Es war fast so wie in meinem früheren Zimmer in Boston.

Nach dem Abendessen schleppte ich alle siebenundsiebzig Schneekugeln ins Badezimmer. Den meisten Leuten ist nicht klar, dass man sich um Schneekugeln kümmern, sie putzen und mit Wasser füllen muss, damit sie nicht austrocknen.

Als sie alle blitzblank sauber waren, stellte ich sie ordentlich in mein neues Regal. Sie sahen toll aus!

Ich versuchte, sie halbwegs der Größe nach aufzustellen, aber das klappte nicht. Deshalb reihte ich sie nach dem Alphabet auf – von der Stadt Annapolis bis Washington, D. C. Natürlich stellte ich meine Lieblingsschneekugel – die von den Boston Red Sox – ins mittlere Fach nach vorne und rückte sie in die Mitte.

Um elf war ich damit fertig und putzte mir die Zähne. Das Auspacken hatte mich ziemlich müde gemacht.

Ich hatte gerade meine Augen geschlossen und war dabei einzuschlafen, als ich es hörte.

Ganz deutlich.

Ein Bellen.

Vor meinem Fenster.

Mit einem Ruck setzte ich mich im Bett auf.

Ich wartete darauf, dass meine Eltern und Mickey hereingerannt kamen. Diesmal mussten sie die Hunde ebenfalls gehört haben!

Das Gebell wurde lauter.

Aber niemand sonst im Haus regte sich.

Ich setzte vorsichtig einen Fuß auf den Boden, dann den anderen. Ich stand auf und lauschte angestrengt.

Lauschte dem Bellen der beiden Hunde.

Und musste zu meinem Entsetzen feststellen, dass das Bellen diesmal nicht von draußen kam.

Diesmal ertönte es *im Haus*!

11

Verzweifelt suchte ich nach einer Waffe. Irgendetwas, mit dem ich mich gegen die Hunde verteidigen konnte.

Im Schrank fand ich meinen Baseballschläger aus Aluminium. Ich umklammerte ihn fest und schlich mich durchs Zimmer auf die Tür zu.

Ich drückte sie auf und horchte.

Ja. Das Bellen kam eindeutig von innerhalb des Hauses. Anscheinend aus dem Wohnzimmer.

Ich holte tief Luft und schlupfte auf den Flur hinaus. Wo waren meine Eltern? Das Schlafzimmer lag im ersten Stock direkt über dem Wohnzimmer. Sie mussten das Bellen also hören.

Wieso waren sie noch nicht herausgekommen?

Mickeys Zimmer lag im Erdgeschoss, von meinem Zimmer aus gesehen am anderen Ende des Flurs. Ich spähte den Gang entlang und sah, dass seine Zimmertür geschlossen war.

Was ist los mit ihm?, fragte ich mich. Wo *stecken* sie bloß alle?

Zentimeter für Zentimeter schlich ich den Flur entlang zum Wohnzimmer. Ich konnte die Hunde darin herumrennen hören.

Ich keuchte auf, als ich ein lautes Gepolter hörte.

Etwas war auf den Boden geknallt. Wahrscheinlich Urgroßmutters Lampe, vermutete ich.

Ich guckte zur Decke hinauf – zum Schlafzimmer meiner Eltern. Waren die denn taub oder was?

Ich hielt den Baseballschläger schützend vor mich, sprang ins Wohnzimmer und knipste schnell das Deckenlicht an.

Die Hunde waren…

Die Hunde waren…

…NICHT DA!

Das Zimmer war leer.

»Huh?« Ich blinzelte ein paar Mal wegen der plötzlichen Helligkeit und schaute mich dann im Zimmer um.

Keine Hunde.

Kein Knurren. Kein Bellen.

Aber halt! Urgroßmutters Lampe lag umgekippt auf dem Boden.

Ich machte einen Schritt auf das Sofa zu. Etwas knackte unter meinem nackten Fuß.

Kartoffelchips?

Ja, Kartoffelchips. Sie lagen überall im Zimmer verstreut.

Ich entdeckte die Kartoffelchipstüte – sie lag in Fetzen gerissen auf dem Boden.

Mein Herz hämmerte so heftig, dass ich dachte, es würde mir aus der Brust springen.

Als ich mich bückte, um die zerfetzte Tüte aufzuheben, fiel ein dunkler Schatten über mich.

Ich hörte lautes Atmen.

Ich spürte, wie mir ein Schwall heißen, übel riechenden Atems über den Nacken fegte.

12

»Dumbo, was tust du denn hier?«

Ich richtete mich auf und fuhr herum.

»Mickey!«

»Ja, so heiße ich tatsächlich«, antwortete er spöttisch.

»Mickey! Hast du sie auch gehört? Ja?«

Mickey schaute sich im Zimmer um. »Wen gehört?«, fragte er. Aber bevor ich antworten konnte, schnauzte er mich plötzlich an. »Cooper, du Trottel, wieso hast du die Kartoffelchips im ganzen Wohnzimmer verstreut?«

»Das war ich nicht!«, rief ich. »Das waren die Hunde! Hast du sie denn wirklich nicht gehört?«

Mickey schüttelte den Kopf. »Absolut nicht. Ich habe gar nichts gehört.«

Ich war fassungslos. »Du hast also nicht vor ein paar Minuten wilde Hunde im Zimmer herumlaufen gehört?«

Michey verdrehte die Augen und stieß einen leisen Pfiff aus. »Du drehst langsam wirklich durch, Cooper. Es ist eine Sache, unsichtbare Hunde zu hören. Aber sie auch noch mit Kartoffelchips zu füttern? Du bist echt plemplem, Mann.«

»Ich war das nicht!«, sagte ich wütend. »Ich hab's dir doch gesagt! Das waren die Hunde.«

Mickey schüttelte den Kopf. »Versprich mir bitte nur eines«, sagte er ernst.

»Was?«, fragte ich.

»Versprich mir, dass du nächste Woche, wenn die Schule beginnt, niemandem erzählst, dass du mit mir verwandt bist.«

Ich hätte gerne mit irgendetwas nach ihm geworfen. Am liebsten hätte ich Urgroßmutters Lampe zur Hand gehabt, doch das hatte ich nicht. Deshalb warf ich das, was ich gerade in der Hand hielt – die leere Kartoffelchipstüte.

Sie flog keine zehn Zentimeter, dann trudelte sie mir auf die Füße.

»Du bist so ein Jammerlappen!« Mickey lachte. »Ich weiß auch, wieso du das alles tust. Du willst Mom und Dad glauben machen, dass das Haus verhext ist. Damit wir zurück nach Boston ziehen und du deine beschränkten kleinen Freunde Gary und Todd wieder sehen kannst.«

Er schnitt mir eine Grimasse. »Bescheuert, Dumbo. Echt bescheuert.« Dann ging er kopfschüttelnd.

Wart's ab, Mickey, dachte ich. Ich werd's dir schon noch heimzahlen. Wart's nur ab.

Und ich werde alle dazu bringen, mir wegen der Hunde zu glauben. Ich werde alle dazu bringen, mir zu glauben, dass ich die Wahrheit sage.

Aber wie?, fragte ich mich, während ich mich im leeren, stillen Wohnzimmer umschaute.

Wie?

13

Am Sonntagmorgen wachte ich wie gewöhnlich früh auf. Ich hatte nur noch wenige Sachen auszupacken, sodass ich noch vor dem Frühstück damit fertig sein würde.

Ich rollte ein Poster der Red Sox auseinander und pinnte es über dem Bett an die Wand. An derselben Stelle, an der ich es auch in Boston aufgehängt hatte.

Anschließend durchwühlte ich einen Karton auf der Suche nach meinen Glücksbringern, einem Paar roter Socken. Ich zog sie gerade an, als es an der Haustür klingelte.

»Cooper!«, rief meine Mutter ein paar Sekunden später. »Da ist jemand für dich!«

Wer konnte das nur sein? Ich kannte hier doch niemanden.

Dann schoss mir plötzlich ein Gedanke durch den Kopf. Vielleicht hatte Gary seinen Dad gebeten, Todd und ihn nach Maine zu fahren, um mich zu überraschen!

Wow! Was für eine tolle Überraschung!

Ich schloss den Karton und sauste den Flur entlang zur Haustür. Ich war so aufgeregt!

Doch es waren nicht Gary und Todd.

Fergie erwartete mich an der Haustür. Ich konnte auf den ersten Blick sehen, dass sie nervös war. Sie verlagerte ihr Gewicht unablässig von einem Fuß auf den anderen und zwirbelte eine Locke ihrer leuchtend roten Haare zwischen den Fingern.

»Oh. Hallo«, murmelte ich, ohne meine Enttäuschung verbergen zu können.

»Ich muss mit dir reden«, sagte sie. »Jetzt gleich.«

»Okay, geht klar«, antwortete ich.

»Nicht hier«, sagte sie und deutete mit einer Kopfbewegung zum Wohnzimmer hin, wo meine Mom und mein Dad Zeitung lasen.

Ich seufzte. »Okay, warte eine Sekunde.« Ich lief in mein Zimmer zurück und zog mir Turnschuhe an.

»Lass uns hinters Haus gehen«, schlug ich vor. Sie nickte feierlich und folgte mir hinaus.

Draußen setzte ich mich auf den Reifen, schaukelte hin und her und blickte Fergie gespannt an. »Das Ganze war eine Idee deines Bruders!«, platzte sie schließlich heraus.

»Wie bitte?«, rief ich.

»Ich weiß nicht, warum ich eingewilligt habe mitzumachen, aber es war alles seine Idee. Jedes kleine bisschen.«

»Was war seine Idee?«, fragte ich sie.

»Alles, was ich dir gestern erzählt habe. Über das Haus. Und über den Wald.«

»Du meinst, die sind gar nicht verhext?«, fragte ich verwirrt.

Fergie schüttelte den Kopf. »Natürlich nicht.«

»Aber wieso hast du mir dann erzählt, dass sie es wären?«, fragte ich.

»Ich hab dir doch gesagt, das Ganze war Mickeys Idee. Ich habe Mickey an dem Tag kennen gelernt, als ihr eingezogen seid«, erklärte Fergie. »Er hat mir gesagt, er fände es witzig, wenn ich dir diesen Streich spielen würde.«

»Er hat *was*?«, schrie ich.

»Er hat mir erzählt, dass ihr zwei euch ständig irgendwelche Streiche spielt«, antwortete Fergie. »Und er hat behauptet, dass du das bestimmt ganz irre finden würdest.«

»Ein Streich?«, fragte ich. »Das Ganze war einer von Mickeys Streichen?« Ich konnte es kaum glauben.

Fergie kaute auf ihrer Unterlippe herum und nickte. »Mickey hat gesagt, ich solle dir erzählen, dass der Wald verhext sei. Und ich solle dir erklären, dass auch das Haus verhext sei.« Fergie seufzte. »Also hab ich's getan. Aber als ich sah, wie sehr du dich gefürchtet hast, hatte ich ein schrecklich schlechtes Gewissen deswegen. Ich wünschte mir, ich hätte nicht auf deinen Bruder gehört.«

Mickey. Dieser Mistkerl!

»Aber woher hast du das mit den Hunden gewusst?«, fragte ich.

Fergie guckte mich verständnislos an. »Hunde? Was denn für Hunde?«

»Das war das Wort, das du mir zugeflüstert hast«, erklärte ich ihr. »Hunde.«

Fergie verzog das Gesicht, während sie angestrengt überlegte. »Nein, ich kann mich nicht erinnern, das gesagt zu haben. Bist du sicher, dass ich ›Hunde‹ gesagt habe?«

Ich nickte. »Ganz bestimmt. Das war das Einzige, was du gesagt hast. Hunde. Und kurz danach, nachdem du davongerannt bist, haben mich zwei böse aussehende schwarze Labradors duch den Wald gehetzt.«

»Ehrlich?«

Ich nickte. »Sie haben mich den ganzen Weg nach Hause gejagt. Dann sind sie einfach verschwunden.«

»Seltsam«, murmelte Fergie.

»Das musst du mir nicht sagen«, antwortete ich.

»Wo hast du die Hunde zum ersten Mal gesehen?«, fragte mich Fergie.

Ich deutete auf den Wald. »Da hinten, in der Nähe eines Baches.«

»Das ist der Bach, der zum Haus der Martells führt«, sagte Fergie. »Die sind mit meinen Eltern befreundet. Die haben aber keine Hunde, Cooper.«

Ich zuckte die Achseln, dann verscheuchte ich eine Fliege, die mir im Ohr summte. »Na ja, irgendjemand hier in der Gegend muss ja wohl Hunde haben«, erklärte ich ihr.

»Ich habe Angst vor Hunden«, gestand Fergie. »Ich bin froh, dass ich ihnen gestern nicht begegnet bin.«

»Es waren auch keine lieben Hunde«, brummte ich. »Du hättest sie bestimmt nicht gemocht.«

»He, hast du gestern am Bach den großen Felsen gesehen, der die Form einer Pfeilspitze hat?«, fragte sie.

Ich schüttelte den Kopf. »Nein, habe ich nicht.«

»Der ist echt stark«, schwärmte sie. »Den musst du dir unbedingt mal ansehen. Ich gehe oft zu ihm hin. Auf dem Felsen kann man nämlich sehr gut herumklettern.«

»Wir können ihn uns ja jetzt gleich ansehen«, schlug ich vor. Ich fand den Wald zwar noch immer unheimlich – verhext oder nicht, aber ich hatte auch keinen Bock, zu Hause herumzuhängen.

Ich hüpfte vom Reifen hinunter und folgte Fergie in den Wald. Am Boden entdeckte ich einen langen dicken Stock und hob ihn auf. »Für den Fall, dass die Hunde zurückkommen«, erklärte ich Fergie.

Wir mussten ein Weilchen gehen, bevor wir den Bach erreichten. Dort angekommen hielt Fergie nach dem Felsen Ausschau.

»Ich weiß, dass er hier irgendwo ist«, sagte sie, während sie sich zu mir umdrehte. »Ich kann ihn nie …«

Sie hielt mitten im Satz inne, als sie meinen Blick sah. »Cooper!«, flüsterte sie. »Was ist los?«

Ich stolperte rückwärts und deutete mit zitternder Hand auf die Bäume direkt hinter Fergie.

»Mar-Margaret!«, flüsterte ich entsetzt. »Die Hunde! Pass auf! Sie kommen! Sie kommen genau auf uns zu!«

14

Fergie fuhr herum und stieß einen angsterfüllten Schrei aus.

»Da kommen sie!«, kreischte ich.

Fergie erstarrte vor Schreck. »O nein! Hilf mir, Cooper! Ich hab's dir gesagt! Ich fürchte mich vor Hunden!«

»Lauf!«, schrie ich ihr zu. »Lauf!«

Wie der Blitz sauste Fergie an mir vorbei. Ich hatte noch nie jemanden so schnell laufen sehen.

Sie rannte etwa zehn Schritte weit. Dann stolperte sie über einen Stein und ihre Hände flogen in die Luft.

Voller Panik stieß sie einen schrillen Schrei aus und landete der Länge nach auf der Erde.

Ich musste lachen. »Jetzt hab ich's dir aber heimgezahlt!«, rief ich schadenfroh.

»Was?« Fergie hob den Kopf.

»Ich hab's dir heimgezahlt«, wiederholte ich. »Dass du mir diesen fiesen Streich gespielt hast. Und dass du Mickey geholfen hast.«

Ich sah zu, wie langsam die Farbe in Fergies Gesicht zurückkehrte. »Du hast mich zu Tode erschreckt«, schimpfte sie. »Wie konntest du mir nur so einen schrecklichen Streich spielen?«

»Ganz einfach«, antwortete ich, noch immer grinsend.

Fergie knurrte mich an. »Ich hab dir doch erzählt, dass es nicht allein meine Schuld war. Dein Bruder hat mir gesagt, dass ihr euch dauernd irgendwelche Streiche spielt.« Sie stand auf und schüttelte den Kopf. »Das war gemein, Cooper. Echt gemein.«

Ich zuckte die Achseln. »Ja, das ist mir klar. Aber jetzt sind wir quitt.«

Fergie wischte sich den Dreck von der Jeans und untersuchte einen Kratzer an ihrem Ellbogen. »Weißt du, eigentlich sollten wir beide es Mickey heimzahlen«, sagte sie.

»Darüber habe ich schon den ganzen Morgen nachgedacht«, erklärte ich ihr. »Und gestern auch. Seit wir hierher gezogen sind, spielt mir Mickey dauernd gemeine Streiche. Das muss ich ihm irgendwie heimzahlen. Aber es muss etwas wirklich Angsteinflößendes sein.«

Wir spazierten noch eine Zeit lang am Bach entlang und dachten darüber nach, wie wir Mickey reinlegen konnten. Dann fand Fergie den Pfeilspitzenfelsen.

Sie kletterte als Erste hinauf und ich folgte ihr. Es war ein riesiger, gezackter Felsen, großartig zum Klettern geeignet.

Wir turnten auf dem Felsen herum und überlegten dabei weiter, wie wir Mickey einen Schrecken einjagen konnten. Fergie wollte ihn mit verbundenen Augen in den Wald zerren und dort alleine lassen. Aber ich war der

Meinung, das würde Mickey kein bisschen Angst einjagen.

Ich sprang von dem Felsen hinunter und fing an, um ihn herumzulaufen. Manchmal kann ich besser nachdenken, wenn ich umhergehe.

Bei meiner dritten Runde um den Felsen blieb ich mit dem Fuß in einer buschigen Pflanze hängen. Ich schaute zu Boden – und schrie auf. »Oh, hervorragend! Ich stehe mitten in Giftefeu!«

Fergie lachte. »Das sieht nur wie Giftefeu aus«, versicherte sie mir. »Meine Biologielehrerin hat sich die Pflanze letztes Jahr angesehen und hat uns gesagt, es wäre nur harmloses Unkraut.«

Ich lächelte ein wirklich heimtückisches Lächeln.

»Ich glaube, mir ist gerade eine großartige Idee gekommen! Wie wäre es, wenn wir ein Büschel davon ausreißen würden? Und es in Mickeys Bett legen? Da muss er doch ausflippen, oder?«

»Kann gut sein«, stimmte sie mir zu, während sie mich von oben angrinste.

Wir pflückten ein paar Büschel von der Pflanze. Als wir uns auf den Nachhauseweg machten, sahen wir, dass sie überall den ganzen Bach entlang wuchs, und nahmen noch ein bisschen mehr mit.

Ganz in der Nähe des Baches zeigte mir Fergie eine Lichtung zwischen den Bäumen, die mir zuvor noch nicht aufgefallen war. Eine kleine Lichtung voller wild wachsender Blumen.

Mir war sofort klar, dass Mom ausflippen würde, wenn sie die zu sehen bekäme. In Boston hatte sie immer auf dem Markt Blumen gekauft. Ich begann, welche für sie zu pflücken.

Als ich mich gerade zu ein paar besonders hübschen violetten und gelben Blumen hinunterbeugte, stach mir plötzlich etwas ins Auge, das sich zwischen den Bäumen bewegte. Ich schaute gerade rechtzeitig auf, um zu sehen, wie Mickey auf die Lichtung taumelte.

Fergie und ich schrien beide auf, als wir ihn sahen.

Mickeys Klamotten waren zerrissen und zerfetzt. Dunkle Schrammen bedeckten sein Gesicht und seine Arme. Und über seinen Nacken lief hellrotes Blut hinab.

»Cooper«, krächzte er kläglich. Er konnte kaum sprechen. »Cooper … die Hunde …«

Das waren seine letzten Worte, bevor er zusammenbrach und zu Boden sackte.

15

»Mickey!«, brüllte ich voller Entsetzen.

Sofort ließ ich die Wiesenblumen und das Unkraut fallen und lief zu ihm.

Fergie und ich knieten neben ihm nieder. »Ist er okay?«, fragte sie mit leiser Stimme, kaum lauter als ein Flüstern.

Ich beugte mich über ihn und zerrte mit beiden Händen an seinem zerfetzten T-Shirt, um ihn hochzuziehen, aber ich schaffte es nicht. Bei jedem meiner Versuche plumpste sein schlaffer Körper wieder auf den Boden zurück.

»Mickey! Mickey!« Ich rief seinen Namen wieder und wieder. »Ist alles in Ordnung mit dir? Die Hunde! Haben sie …?«

Als ich mich noch näher zu ihm beugte, riss Mickey seinen Arm hoch und umklammerte meinen Hals. Er zerrte mich zu Boden, dann sprang er auf und setzte sich auf mich.

Er kicherte wie ein Verrückter.

»Oh, Mickey! Mickey!«, äffte er mich mit hoher, kreischender Stimme nach. »Mickey! Alles in Ordnung mit dir?«

Ich stotterte, brachte aber kein Wort heraus.

»Was für eine Pfeife!«, triezte er mich. »Wieso fällst du bloß jedes Mal wieder auf das Theaterblut herein?« Dann stieß er ein langes, schrilles Kichern aus.

Ich schloss die Augen und betete darum, dass er verschwand. Ich konnte einfach nicht glauben, dass mich mein Bruder schon wieder hereingelegt hatte. Noch dazu vor Fergie.

Mein Gesicht wurde heiß. »Dafür kriegst du Prügel!«, schrie ich und versuchte verzweifelt ihn abzuwerfen.

»Ooooh! Ich zittere schon!«, höhnte Mickey.

»Hast du nichts Besseres zu tun, als ständig zu versuchen, mir Angst einzujagen?«, brüllte ich.

»Das muss ich gar nicht erst lang versuchen«, antwortete Mickey mit einem Grinsen.

Fergie stand vor uns, die Arme vor der Brust verschränkt.

»Warst du an diesem kleinen Streich auch beteiligt?«, wollte ich wütend von ihr wissen.

»Nein! Bestimmt nicht!«, wehrte sie sich.

Mickey hielt meine Arme eisern am Boden fest. »Gib's auf, du Pfeife.«

Ich war in meinem ganzen Leben noch nie so blamiert worden. Noch nie.

Einschließlich damals, als mich Mickey in Unterhosen aus dem Haus gesperrt hatte.

»Du bist so gut wie tot!«, schrie ich ihm ins Gesicht.

»Was willst du tun, Dumbo? Mich mit deinem Strauß Veilchen k. o. schlagen?« Er warf den Kopf zurück und lachte über seinen blöden Scherz. Das gab mir die Gelegenheit, ihn in den Arm zu beißen.

»Au! Du *Mutant!* Sieh nur, was du angestellt hast! Ich blute!«

Er sprang auf und untersuchte die Bisswunde an seinem Arm. Dann knurrte er mich an, drehte sich um und trabte davon.

Ich wollte ihm nachlaufen, doch Margaret hielt mich zurück.

»Lass ihn gehen«, sagte sie, während sie mich immer noch am T-Shirt festhielt. »Er ist ein fieser Typ. Aber wirklich.«

Brummend bürstete ich mir die Klamotten ab. Anschließend hob ich die Blumen für Mom auf. Fergie konnte und wollte ich nicht ins Gesicht gucken.

»Gehst du nach Hause?«, fragte sie.

»M-hm«, grunzte ich.

»Sehen wir uns morgen in der Schule?«

Ich zuckte die Achseln. Ich denke, sie verstand den Wink.

»Na ja, ich schätze, ich geh jetzt wohl besser heim. Mach dir keinen Kopf, Cooper«, sagte sie, während sie schon losging. »Wir werden einen Weg finden, es ihm heimzuzahlen. Das verspreche ich dir.«

Ich gab keine Antwort.

»Bis morgen!«, rief sie und winkte mir zu.

Ich machte mir nicht die Mühe zurückzuwinken. Ich sah ihr nach, wie sie davonschritt. Dann ging ich zum Bach, um einen Schluck kaltes Wasser zu trinken. Mickeys blutiger Anblick hatte mir den Hals ausgedörrt. Und die Schreierei auch.

Ich beugte mich über das glitzernde kalte Wasser und tauchte die Hand hinein, um Wasser herauszuschöpfen. Ich führte es zum Mund und trank. Dabei fiel mein Blick auf mein Spiegelbild im Bach – und mir blieb die Luft weg.

Das war nicht ich!

Das Gesicht, das mir aus dem Wasser entgegenstarrte, war das eines schwarzen Hundes!

Ich riss den Kopf hoch.

Keine Hunde am Ufer.

Auch sonst waren nirgendwo Hunde in Sicht.

»Uaah!«, schrie ich laut.

Ich beugte mich noch einmal über den Bach und schaute ins Wasser.

Der Hund starrte von unter der Wasseroberfläche zu mir herauf.

Wieder hob ich den Kopf. Kein Hund am Ufer.

Aber wie konnte ich dann im Wasser das Spiegelbild eines Hundes sehen? Noch einmal blinzelte ich in den klaren Bach. Wieder erschien der Hund und verursachte kleine Wellen im Wasser.

Und während ich das unheimliche Spiegelbild voller Entsetzen anglotzte, zog er seine dünnen Lippen zurück und fletschte seine hässlichen gelben Zähne zu einem geräuschlosen Knurren.

16

Ohne mich auch nur einmal umzusehen, rannte ich nach Hause.

Ich stürzte durch die Haustür und rannte geradewegs ins Badezimmer, um mich im Spiegel zu betrachten.

Ich weiß nicht, was ich zu sehen erwartete.

Ein Hundegesicht, das mir entgegenstarrte?

Selbst mir ist klar, wie doof das klingt.

Aber ich konnte mir die Hundespiegelung im Wasser nicht erklären. Ich hätte in dem Bach *mein* Gesicht sehen müssen – und nicht das knurrende Gesicht eines schwarzen Labradors.

Als ich das Badezimmer betrat, ging ich langsam auf den Spiegel zu. Und schaute hinein.

Und ich sah – mein eigenes sommersprossiges Gesicht.

Ob ich mich jetzt besser fühlte?

Nicht allzu sehr.

Für den Rest des Nachmittags sprach ich mit niemandem von meiner Familie. Und zum Abendessen aß ich nur lustlos ein paar Bissen und entschuldigte mich dann.

»Alles in Ordnung mit dir, Cooper?«, fragte Mom stirnrunzelnd. »Leber mit Zwiebeln ist doch deine Leibspeise. Ich habe noch nie erlebt, dass du Leber mit Zwiebeln auf deinem Teller liegen lässt.«

Sie kam zu mir und befühlte meine Stirn. Das tut sie jedes Mal, wenn ich mich ein bisschen sonderbar benehme.

»Mir geht's gut, Mom«, antwortete ich. »Ich hab nur keinen Hunger. Das ist alles.«

»Cooper ist wahrscheinlich ein wenig nervös wegen morgen«, sagte Dad zu Mom. Er wandte sich mir zu. »Habe ich Recht?«

»Ja, so ist es«, stimmte ich ihm zu. Die Hunde noch einmal zur Sprache zu bringen, hätte keinen Sinn gehabt. Mir hätte sowieso niemand geglaubt.

»Oje, armer kleiner Dumbo. Fürchtet sich vor seiner neuen Schule«, spottete Mickey.

Mom und Dad warfen Mickey warnende Blicke zu. »Mickey – nicht heute Abend«, murmelte Dad.

Ich tat so, als wäre mein dämlicher Bruder Luft, stand von meinem Stuhl auf und ging auf mein Zimmer.

An diesem Abend konnte ich nicht einschlafen. Jedes Mal wenn ich die Augen zumachte, sah ich das Gesicht des wütenden schwarzen Hundes vor mir, das im Bach kleine ringförmige Wellen warf.

Es war bereits nach Mitternacht, als ich schließlich einschlief.

Moms ungeduldige Rufe weckten mich auf. »Cooper! Cooper! Du hast verschlafen. Höchste Zeit aufzustehen!«

Ich konnte es kaum glauben. Ich wache sonst immer früh auf. Ich verschlafe nie.

Jetzt komme ich an meinem ersten Schultag zu spät!, dachte ich unglücklich. Und das hatte ich nur diesen unheimlichen Hunden zu verdanken.

Ich zog T-Shirt und Jeans an und rannte den Flur entlang zur Küche. Keine Zeit für ein üppiges Frühstück. Ich stürzte ein Glas Milch hinunter, dann öffnete ich den Kühlschrank und holte Erdnussbutter und Marmelade heraus, um mir ein Brot für die Mittagspause zu schmieren.

Gerade als ich die Erdnussbutter aufs Brot strich, vernahm ich hinter mir ein Winseln.

»Hör auf damit, Mickey«, sagte ich, ohne mich umzudrehen.

Das Winseln wurde lauter.

»Mickey! Schluss damit! Hör endlich auf, dich wie …«

Sie waren plötzlich da, wie aus dem Nichts entsprungen. Die Hunde.

Sie waren *in der Küche!*

17

Sie hatten das Maul aufgerissen und sabberten hungrig. Dicken, gelben Geifer.

Meine Knie gaben nach. Ich krallte mich an der Anrichte fest, um Halt zu finden.

Ihr dunkles Fell schimmerte im hellen Licht der Küchenlampe. Knurrend, die Zähne gebleckt, kamen sie Seite an Seite näher.

Langsam wich ich zurück. Einen kleinen Schritt.

Mit ihren dunklen Augen verfolgten sie meine Bewegungen.

Noch einen Schritt zurück. Ganz langsam. Dann noch einen.

Ihr starrer Blick folgte mir.

Die Hintertür war nur noch wenige Zentimeter entfernt. Wenn ich nach hinten fasste, konnte ich den Türgriff erreichen.

Ich griff nach hinten. Langsam, ganz langsam.

Ich tastete mit der Hand umher. Dann fand ich ihn endlich. Den kleinen runden Griff…

Zu spät!

Sie sprangen.

Ich schrie, als sich die dunklen Tiere auf mich stürzten. Voller Panik kniff ich die Augen zu. Ich hörte das Geräusch zuschnappender Kiefer.

Als ich vorsichtig die Augen öffnete, konnte ich gerade noch sehen, wie einer der Hunde sich mein Mittagessen von der Anrichte schnappte.

Dann verschwanden sie.

Durch die *geschlossene* Küchentür hindurch. Sie sprangen geradewegs *durch* das Holz *hindurch*.

Heftig atmend ließ ich mich auf einen Küchenstuhl fallen.

Ich stützte den Kopf in die Hände, schloss die Augen und versuchte mich zu beruhigen.

Gerade hatte ich gesehen, wie zwei Hunde durch eine geschlossene Holztür verschwunden waren. Wie konnte das sein?

Mom kam in den Raum gerannt. Dad folgte ihr.

»Cooper, was ist passiert?«, rief Mom. »Was war das für ein entsetzlicher Schrei, den wir gehört haben?«

Ich musste ihnen erzählen, was geschehen war. Das musste ich einfach. Die Sache war zu unheimlich. Zu Furcht erregend und zu unheimlich.

Also erzählte ich ihnen alles.

»Zwei schwarze Hunde sind einfach durch die Wand in die Küche gekommen. Einer von ihnen hat sich mein Pausenbrot geschnappt und dann sind sie wieder davongerannt, durch die geschlossene Tür hindurch.«

Großer Fehler.

Mom und Dad hielten mir einen Vortrag über den Stress bei Umzügen. Ich meinte dabei das Wort *Psychiater* zu hören.

Sie glaubten mir also kein Wort.

Ich hatte nicht die Kraft, mit ihnen zu diskutieren. Wortlos schlurfte ich zur Haustür und machte mich auf den Weg zur Schule.

Es war mir unmöglich, nicht mehr an die Hunde zu denken. Hunde, die nur ich sehen konnte. Hunde, die Pausenbrote mopsten. Hunde, die durch Wände gehen konnten.

Ich sah sie in dieser Woche nicht wieder. Aber ich hörte sie jeden Morgen irgendwo in der Nähe unseres Hauses bellen. Niemand sonst hörte sie.

Am Freitag traf ich mich nach der Schule mit Fergie und wir gingen zusammen nach Hause. Sie quasselte unablässig über unsere Mathelehrerin, aber ich hörte nicht richtig hin. Ich dachte wieder an die Hunde.

»Was?«, fragte ich Fergie. Sie hatte mir gerade irgendeine Frage zu unserer Mathehausaufgabe gestellt.

»Ich sagte gerade«, wiederholte sie ungeduldig, »dass wir unsere Mathehausaufgaben am Wochenende gemeinsam machen könnten.«

Ich zuckte die Achseln. »Klar, warum nicht.«

Fergie würde am Samstag bei uns übernachten. Ihre Eltern fuhren übers Wochenende nach Vermont.

Wir waren in dieser Woche ganz gute Freunde geworden. Mom und Dad hatten die Fergusons am Dienstag zum Abendessen eingeladen und am Mittwoch waren wir bei den Fergusons zu Gast gewesen.

Dass Fergie bei uns übernachtete, konnte sehr lustig werden, dachte ich. Falls ich die Hunde vergessen konnte.

»Wir müssen uns noch immer einen Streich für Mickey ausdenken«, erklärte Fergie. »Ich habe mir gedacht ...«

»Hör zu, Fergie«, unterbrach ich sie. »Es gibt da etwas, das ich dir schon die ganze Woche über erzählen wollte.«

Sie wartete stumm darauf, dass ich loslegte.

Ich holte tief Luft, dann sprudelte es aus mir heraus. Vom Spiegelbild des Hundes im Bach. Und von den Hunden in der Küche.

»Ich habe sie die ganze Woche immer wieder gehört«, vertraute ich ihr an. »Manchmal waren sie außerhalb, manchmal innerhalb des Hauses. Es war ein Albtraum.«

Fergie fiel die Kinnlade herunter. »Wieso hast du mir das bisher noch nicht erzählt?«, fragte sie.

Ich seufzte. »Weil mir niemand in meiner Familie glaubt«, sagte ich. »Und weil ich dachte, du würdest es auch nicht.«

»Ich glaube dir, Cooper«, antwortete sie feierlich.

Ich strahlte. »Danke, Fergie. Das bedeutet mir eine Menge.«

Fergies Miene wurde nachdenklich. »Nun, vielleicht hören wir sie am Samstagabend ja beide. Uns *beiden* werden deine Eltern glauben *müssen.*«

Ich nickte. Fergie hatte Recht. Mom und Dad konnten unmöglich meinen, dass wir *beide* einen Doktor nötig hatten. Ich fing an mich ein bisschen besser zu fühlen.

»Und nun zu unserem Wir-zahlen-es-Mickey-heim-Plan«, sagte Fergie. »Ich habe da eine Idee.«

Ich gab mir Mühe, Fergie zuzuhören – ihr Plan hatte etwas mit Ratten und einer Schnur zu tun –, aber ich konnte mich nicht auf das, was sie sagte, konzentrieren. Ich konnte nur an die Hunde denken.

Würden sie am Wochenende wieder auftauchen?

18

Ich sah zu, wie auf dem Wecker neben meinem Bett eine Minute nach der anderen verstrich. Endlich – Mitternacht. Zeit loszulegen!

Auf Zehenspitzen tapste ich den Flur entlang zum Gästezimmer, wo Fergie schlief. Ich klopfte an die Tür.

»Fergie«, flüsterte ich. »Fergie, steh auf!«

Einen Augenblick später erschien sie vollständig angezogen in der Tür. »Die Hunde? Sind die Hunde da?«, fragte sie, die Augen vor Furcht weit aufgerissen.

Sie wirkte verängstigt. Und ihre Haare standen ihr, vom Kopfkissen elektrisch aufgeladen, zu Berge.

»Nein, Dummerchen«, flüsterte ich. »Es ist Zeit, Mickey einen Schrecken einzujagen.«

Fergie rieb sich die Augen. »Ach ja, klar, stimmt.«

Ohne ein Wort zu sagen, kroch sie unter ihr Bett und kam mit einem Schuhkarton und etwas Schnur wieder darunter hervor.

»Lass mich noch einmal hineinsehen«, sagte ich aufgeregt.

Fergie lächelte und öffnete den Karton. Darin saß eine riesige, haarige, total grässliche, widerliche schwarze Ratte.

Eine Attrappe, natürlich. Aber sie sah *unglaublich* echt

aus! Echt genug, um eine andere Ratte zu täuschen. Eine Ratte wie Mickey.

Ich nahm die Ratte aus der Schachtel und ließ sie vor Fergies Gesicht zappeln.

Fergie wich zurück und jaulte auf, obwohl sie wusste, dass die Ratte aus Gummi oder etwas Ähnlichem gemacht war.

Ich band der Ratte die Schnur um den Hals und winkte Fergie, mir zu folgen. Geräuschlos schlichen wir durch den Flur auf Mickeys Zimmer zu.

Es würde total irre werden! Ich konnte es kaum erwarten, Mickeys Gesicht zu sehen, wenn unsere fette Ratte über sein Bett huschte!

Vor Mickeys Zimmer blieben wir stehen. Seine Tür stand einen Spaltbreit offen. Ich streckte den Kopf hindurch und sah mich in Mickeys Zimmer um.

Im dämmrigen Licht, das vom Flur ins Zimmer fiel, konnte ich Mickey im Bett liegen sehen. Er war bis obenhin zugedeckt und schlief tief und fest. Mickey schläft nie mit Kopfkissen. Das wirft er immer auf den Boden, bevor er ins Bett steigt. Und da lag es auch neben seinen Schuhen.

Ich trat von der Tür zurück und zog Fergie zur Seite.

»Okay, hier ist mein Plan«, flüsterte ich. »Wenn wir im Zimmer sind, gehst du nach links zum Schrank. Ich schleiche mich währenddessen auf Zehenspitzen zum Bett und lege die Ratte auf Mickey. Dann komme ich zu dir in den Schrank.«

»Alles klar«, flüsterte Fergie feierlich.

»Und vergiss nicht«, warnte ich sie, »sei leise!«

»Alles klar«, sagte Fergie wieder.

Mit der Ratte in der Hand schlich ich mich behutsam in Mickeys Zimmer. Aus dem Augenwinkel sah ich, wie Fergie nach links auf den Schrank zusteuerte. Ich wandte mich nach rechts.

Ich hatte Mickeys Bett beinahe erreicht, als ich plötzlich ein lautes Krachen hörte.

Das Herz schlug mir bis zum Hals. Ich fuhr herum und schaute Fergie entsetzt an.

Ich sah sofort, was passiert war. Sie war auf Mickeys Skateboard getreten.

Wir drehten uns beide zum Bett um.

Mickey rührte keinen Muskel.

Er hatte den Krach nicht gehört.

Leise stieß ich einen erleichterten Seufzer aus, dann warf ich Fergie einen warnenden Blick zu.

Sie nickte nervös.

Ich beobachtete, wie sie den Schrank öffnete und hineinschlüpfte.

Die Ratte vor mir in der Hand haltend, trat ich näher an Mickeys Bett heran. Meine Hand zitterte, aber ich hielt das haarige Tier trotzdem fest umklammert. Ich schaute auf Mickey hinab, der unter seiner Decke lag und tief und fest schlief.

Ich schlich mich noch näher.

So wie Mickey unter der verknautschten Decke lag, war es unmöglich festzustellen, wo sein Körper anfing und wo er aufhörte. Ich setzte die Ratte sacht dort ab, wo ich seinen Bauch vermutete.

Danach tapste ich auf Zehenspitzen zum Schrank, schlüpfte hinein und kniete mich neben Fergie nieder. Siegesgewiss hielt ich ihr den gereckten Daumen entgegen.

Die Operation »Mickey-Erschrecken« war angelaufen.

Und ich hätte nicht aufgeregter sein können.

Er hatte es wirklich verdient!

Leise zog ich die Schranktür zu, sodass sie nur einen Spaltbreit offen blieb. Das Ende der Schnur hielt ich fest in der Hand.

»Bereit?«, flüstere ich.

»Bereit«, wisperte sie zurück.

»Okay«, sagte ich. »Auf drei. Eins… zwei… ähm, Fergie, hör bitte auf mich zu treten.«

»Ich berühre dich noch nicht einmal«, raunte sie.

»Tust du doch. Also hör bitte auf damit, okay?«

»Das stimmt nicht! Meine Füße sind eine ganze Ecke weit weg von dir«, protestierte Fergie.

»Au! Jetzt hast du mich schon wieder getreten!«, flüsterte ich.

Sie erhob die Stimme. »Hab ich nicht!«

Ich legte ihr die Hand auf den Mund.

Wir erstarrten beide. Ich hörte Atemgeräusche.

Laute, schnelle Atemzüge.

Nicht von mir. Und nicht von Fergie.

Ich schluckte.

»F-Fergie«, stotterte ich. »Wir sind hier drinnen nicht alleine!«

19

Ein tiefes, anhaltendes Knurren bestätigte mir, dass ich Recht hatte.

Jemand – oder *etwas* – war mit uns im Schrank versteckt!

Wir lauschten dem tiefen Knurren noch eine oder zwei Sekunden lang. Dann flohen wir beide mit entsetztem Geschrei aus dem Schrank.

Ich kam nur ein, zwei Schritte weit, bevor ich über Mickeys Skateboard stolperte. Ich flog kopfüber und landete der Länge nach auf dem Gesicht.

Als ich mich aufrappelte, sah ich eine dunkle Gestalt aus dem Schrank huschen.

»Du!«, schrie ich mit heiserer, angsterfüllter Stimme.

Mickey grinste Fergie und mir entgegen. »Oooohhh! Ooooooohhh! Seht mich an«, rief er. »Ich bin ein Killerpudel!«

Fergie und ich glotzten ihn ungläubig an. Er hatte die ganze Zeit über im Schrank gesteckt!

Ich stürzte zum Bett und riss die Decke herunter. »O nein!«, rief ich, als ich den Haufen zusammengerollter Laken und Handtücher darunter sah.

»Woher wusstest du davon?«, fragte ihn Fergie. »Woher wusstest du, dass wir kommen würden?«

Mickey grinste uns selbstgefällig an. »Als du heute Morgen mit dieser blöden Schachtel unterm Arm aufgetaucht bist und aufgeregt mit Cooper getuschelt hast, war mir klar, dass irgendetwas im Busch ist. Also habe ich euch zwei Dummköpfen den ganzen Tag lang nachspioniert.«

»Du Schnüffler!«, schrie ich.

»Ein Schnüffler? Ich?«, entgegnete Mickey mit gespielter Unschuldsmiene. »Und wie nennt ihr das, was ihr tut: Ihr schleicht euch heimlich in mein Zimmer und versteckt euch im Schrank?«

Ich war wütend. Und so enttäuscht! Unser großer Racheplan – völlig verdorben.

Ich packte Fergie am Arm. »Komm, wir verschwinden von hier.«

»So ist's recht!«, rief uns Mickey hämisch hinterher. »Lauft nur mit eingekniffenem Schwanz davon!« Dann heulte und bellte er uns hinterher.

Toller Bursche, was?

Fergie und ich setzten uns vor meinem Zimmer auf den Flurboden. Wir hatten uns so gewünscht, Mickey einen tüchtigen Schrecken einzujagen, damit er mal sehen konnte, wie man sich dabei fühlte!

Aber wir hatten es vermasselt. Völlig vermasselt!

»Das nächste Mal kriegen wir ihn«, meinte Fergie. »Das nächste Mal denken wir uns einen besseren Plan aus. Vielleicht etwas mit Messern und Theaterblut.«

Ich zuckte die Achseln. Ich hatte keine Lust mehr zu warten. Ich wollte Mickey noch heute Nacht so erschrecken, dass er nicht mehr wusste, wo oben und unten war!

Leider standen die Chancen dafür nicht besonders gut.

Fergie und ich gähnten gleichzeitig, dann standen wir beide auf. »Ich denke, wir sollten jetzt besser zurück ins Bett gehen. Vielleicht …«

»He, hast du das eben gehört?«, fiel ich Fergie ins Wort.

Sie nickte. »Ja, hab ich. Da bellt jemand.«

»Aber das ist nicht mein Bruder«, flüsterte ich. »Das sind eindeutig die Hunde!«

20

»Ich kapier's nicht!«, rief Fergie mit bebender Stimme. »Wo sind deine Eltern? Wo ist Mickey?«

Ich ging ihr voran in die Richtung, aus der das Gebell kam. »Ich hab's dir doch gesagt«, flüsterte ich. »Sie können die Hunde nicht hören. Ich weiß nicht, warum, aber es kann sie keiner hören außer uns!«

Wir traten ins Wohnzimmer und keuchten.

Zwei Paar roter Augen glühten in der Dunkelheit.

Ich griff nach Urgroßmutters Stehlampe, warf sie aber um. Sie knallte lärmend auf den Boden.

Die Hunde bellten.

Fergie packte mich an der Schulter. Ihre Hand zitterte. »Mach das Licht an! Bitte!«, flehte sie.

Doch noch bevor ich den Schalter erreichen konnte, ging das Licht an.

Wir fuhren herum. Da stand Mom auf der Treppe und funkelte uns wütend an. »Cooper! Margaret! Was um alles in der Welt macht ihr beiden da?«

»Die Hunde, Mom!«, schrie ich. »Siehst du? Sie sind …«

»Was für Hunde?«, rief Mom.

Ich wirbelte herum.

Keine funkelnden roten Augen. Keine Hunde. Von Fergie und mir abgesehen, war das Zimmer leer.

»Wow, deine Mom war ganz schön sauer«, flüsterte Fergie, als wir den Flur entlang zu unseren Zimmern trotteten.

»Aber jetzt glaubst du mir doch, Fergie, oder?«, fragte ich. »Du hast die Hunde selbst gehört!«

Fergie nickte. »Klar. Es waren eindeutig Hunde.«

»Geht jetzt endlich schlafen!«, rief Mom streng. »Aber ein bisschen plötzlich!«

»Ja, Mom!«, rief ich zurück. Ich wandte mich Fergie zu. »Morgen früh sehen wir uns im Wald um«, erklärte ich ihr. »Die Hunde müssen doch irgendwo herkommen!«

»Gute Idee«, stimmte mir Fergie zu. »Dann bis morgen.«

Zurück in meinem Zimmer konnte ich nicht einschlafen. Ich setzte mich aufs Bett und warf einen Baseball in die Luft. Währenddessen beobachtete ich, wie die Zahlen auf dem Digitalwecker langsam weiterklickten.

Ich dachte über die Hunde nach. Sie waren heute

Nacht wirklich hier gewesen. Fergie hatte sie ebenfalls gehört.

Aber wie kamen sie ins Haus und wieder hinaus?, fragte ich mich.

Und wie konnten sie sich einfach so in Luft auflösen?

Und wieso belästigten sie ausgerechnet mich? Wieso?

Ich warf den Baseball beiseite und schlich auf den Flur hinaus.

Leise klopfte ich an Fergies Tür. »Ich bins. Kann ich reinkommen?«

»Was ist los?«, flüsterte sie, als sie die Tür öffnete.

»Hör mal«, sagte ich. »Ich bin zu aufgeregt, um bis morgen zu warten. Lass uns jetzt gleich nach den Hunden suchen.«

Fergie kniff nachdenklich die Augen zusammen. »Das … das könnte gefährlich werden«, stotterte sie.

»Das ist mir schnuppe«, erklärte ich ihr. »Lass uns gehen.«

21

Wenige Minuten später schlichen Fergie und ich mit Taschenlampen bewaffnet durch den Garten hinterm Haus.

Kein Mond war zu sehen. Und keine Sterne. Kühler Nebel hing in der Luft. Wir fröstelten beide.

Ich richtete den Strahl meiner Taschenlampe auf den Boden und suchte ihn nach Spuren ab.

Keine da. Wie üblich.

»Wie kommt es, dass sie nie Spuren hinterlassen?«, murmelte ich vor mich hin.

Fergie zuckte die Achseln, antwortete aber nicht. Ich konnte sehen, dass sie genauso viel Schiss hatte wie ich. Sie blieb mir dicht auf den Fersen.

Der Strahl meiner Lampe fiel auf den Kletterbaum. Ich leuchtete am Turm hinunter auf den Boden, als mich plötzlich etwas am Knöchel packte.

»He!«, brüllte ich, während ich zu Boden fiel. Ich wand mich und zappelte, um mich loszureißen. »Hilfe!«

Fergie kam eilig herbei. Aber wieso lachte sie?

»Was bist du für ein Tollpatsch! Du hast dich im Rasensprenger verheddert!«, rief sie.

»Das ist nicht komisch«, sagte ich grimmig. Ich war froh, dass sie in der Dunkelheit nicht sehen konnte, wie ich rot wurde. »Ich hätte mir das Bein brechen können oder so was!«

Fergie bückte sich, um mir zu helfen freizukommen. Auf einmal hielt sie inne. »Hast du das gehört?«, fragte sie.

»Was gehört?«

»Horch mal.«

Schweigend warteten wir in der Dunkelheit. Wir wagten kaum zu atmen.

Dann hörte ich es auch. Ein leises Knarren, das vom Haus her kam. Es klang wie eine alte Tür, die auf und zu schwang.

Argwöhnisch schlichen wir in die Richtung, aus der das Geräusch kam. Zu meiner Überraschung fanden wir ein kleines Fenster knapp über dem Boden. Es war mir bisher noch nicht aufgefallen.

Das Fenster stand offen, schwang hin und her und verursachte das knarrende Geräusch.

»Es führt in den Keller hinunter«, sagte ich und steckte meinen Kopf hinein. »Glaubst du, dass das der Weg ist, über den die Hunde ins Haus gelangen?«

Fergie antwortete nicht.

»Fergie?«, rief ich.

Keine Antwort.

Ein kalter Angstschauer lief mir den Rücken hinunter.

Ich fuhr herum – und sah eine dunkle Gestalt, die geradewegs auf mich zu schoss.

Verdattert taumelte ich rückwärts und knallte mit einem lauten *Bumm* mit dem Hinterkopf gegen die Hauswand.

Die dunkle Gestalt stürzte sich auf mich und hielt mich am Boden fest.

Ein übler Geruch stieg mir in die Nase, während ich darum kämpfte hochzukommen.

Doch ich konnte mich nicht bewegen.

Das Ungeheuer keuchte und riss das Maul weit auf. Heißer Speichel tropfte mir ins Gesicht.

Der riesige Hund hielt mich gefangen.

Was hatte er als Nächstes vor?

22

»Runter von mir!«, würgte ich hervor.

Ich griff mit beiden Händen nach oben – und drückte den Hund mit aller Kraft von mir herunter.

Zu meiner Verblüffung konnte ich mich freikämpfen.

Mit hämmerndem Herzen sprang ich auf die Füße, fuhr herum und sah Fergie. Sie saß in der Falle. Sie stand mit dem Rücken an der Wand und wurde von dem zweiten Hund in Schach gehalten.

»Geh nach Hause!«, rief sie dem Hund ängstlich zu. »Geh nach Hause!«

Der Hund rührte sich nicht.

Ich hob einen Stock auf, den ich drohend vor mir hin und her schwenkte, um die Hunde auf Distanz zu halten.

Vorsichtig näherte ich mich den Tieren, während Fergie ihnen wild mit den Armen entgegenfuchtelte, um sie von sich fern zu halten.

Die Hunde senkten die Köpfe und knurrten leise.

Dann kam einer auf mich zugerannt. Der Stock schien ihn überhaupt nicht zu beeindrucken.

Ich verlor das Gleichgewicht und prallte mit Fergie zusammen.

Die beiden Hunde zogen ihre Lefzen zu einem grimmigen, grässlichen Knurren zurück.

Mir zitterten die Beine so heftig, dass ich kaum stehen konnte.

Knurrend und mit dem Maul schnappend, drängten die Hunde Fergie und mich immer weiter zum Haus zurück.

»Was jetzt?«, schrie Fergie und packte mich am Arm.

»G-gute Frage«, stotterte ich, als die Hunde die Köpfe senkten und näher kamen.

23

Ich schloss die Augen.

Ich hatte die verrückte Vorstellung, wenn ich sie verschwinden ließe, würde ich ebenfalls verschwinden.

Was schätzt du, was passierte? Es funktionierte nicht.

Ich spürte einen jähen Schwall heißen, übel riechenden Hundeatems im Gesicht.

Dann zerrte etwas an mir. An meiner Jogginghose.

Ich schlug die Augen auf. Der Hund zog wie verrückt an meiner Hose. Er biss nicht. Er zerrte.

Fergie wirkte genauso verwirrt wie ich. Der andere Hund zog am Saum ihres T-Shirts.

»Was wollen sie?«, flüsterte Fergie.

»Ich… ich… ich habe keine Ahnung«, antwortete ich. »Sie – sie beißen nicht und greifen uns nicht an!«

»Cooper, ich glaube, sie wollen, dass wir mit ihnen kommen«, sagte Fergie.

»Das ist vollkommen verrückt!«, rief ich. Der Hund zerrte jetzt heftiger an meiner Jogginghose. »So was kommt nur bei *Lassie* vor!«

»Ich finde das gar nicht verrückt, Cooper«, sagte Fergie. »Pass auf.« Sie trat langsam einen Schritt vorwärts, und sofort fing der Hund an, mit dem Schwanz zu wedeln. »Siehst du? Sie wollen, dass wir mit ihnen kommen!«

Ich zögerte. Mir kam das lächerlich vor. Doch als ich vorsichtig einen Schritt vorwärts machte, begann der Hund, der an meiner Hose gezerrt hatte, ebenfalls mit dem Schwanz zu wedeln.

»Siehst du?«, wisperte Fergie.

Tut mir Leid, aber ich glaubte es trotzdem nicht. Abrupt drehte ich mich um und rannte los.

»Cooper, tu das nicht!«, schrie Fergie.

Zu spät.

Das große Ungetüm hetzte hinter mir her, sprang in die Höhe und warf mich zu Boden.

Als ich aufstand, begann der Hund wieder an mir zu zerren.

»Komm schon! Lass uns herausfinden, was sie wollen«, bat Fergie mich. »Uns bleibt doch sowieso keine andere Wahl. Sie lassen uns bestimmt nicht laufen.«

Also folgten wir den Hunden durch den Wald. Sie blieben immer in unserer Nähe und liefen nie zu weit voraus. Und sie schauten sich ständig nach uns um.

Ich leuchtete mit meiner Taschenlampe den Weg entlang. Das schwache Licht war allerdings keine große Hilfe. Ich hatte keine Ahnung, wo wir hingingen. Ich wusste nur, dass es verflixt dunkel war – und dass wir tiefer und tiefer in den Wald hineingerieten.

»Ich hoffe nur, wir finden zurück«, murmelte ich vor mich hin.

Plötzlich, ganz ohne Vorwarnung, wurden die Hunde schneller. Ihre großen Pfoten tappten rasch über den weichen Boden.

Wenige Sekunden später begannen sie zu bellen und kratzten wie wild an etwas zwischen den Bäumen.

Ich hob meine Taschenlampe und leuchtete in ihre Richtung.

Inmitten einer kleinen Lichtung stand eine halb verfallene Holzhütte. Die Hunde scharrten an der Tür. Nachdem sie sie aufgedrückt hatten, kamen sie zu uns zurück und zerrten wieder an uns. Sie zogen uns zur Hütte hin.

»Wa-was soll das?«, rief ich. »Wo sind wir?«

»Ich weiß es auch nicht«, wisperte Fergie. »Ich habe diese Hütte noch nie gesehen.«

Die Hunde zerrten jetzt heftiger an uns. Sie wollten unbedingt, dass wir hineingingen.

»Was kann da drinnen bloß sein?«, flüsterte ich Fergie zu.

Fergie schluckte. »Ich habe keine Ahnung«, flüsterte sie zurück. »Aber ich schätze, wir werden es gleich herausfinden!«

24

»Fergie, mir gefällt das nicht«, raunte ich ihr zu. »Lass uns besser von hier verschwinden – und zwar gleich!«

Kaum hatte ich das gesagt, spürte ich, wie mich der Hund, der meinen Knöchel im Maul hielt, fester packte. Hatte er etwa verstanden, was ich gesagt hatte?

»Sie werden uns nicht gehen lassen«, sagte Fergie leise.

Knurrend drängten uns die Hunde zur Tür der Hütte.

»Uaah!«, rief ich, als die Hunde an der Seitenwand der Hütte hochsprangen.

»Das *glaub* ich einfach nicht!«, schrie Fergie.

Die Hunde sprangen geradewegs durch die Holzwand hindurch und verschwanden im Inneren.

»Das ist *unmöglich*!«, schrie Fergie.

»Sag das den Hunden«, murmelte ich.

Ich hatte sie schon mal durch Wände gehen sehen – in meiner eigenen Küche. »Das müssen *Gespenster* sein oder so was!«, rief Fergie.

Ich packte sie am Arm. »Lass uns von hier verschwinden! Was auch immer passiert… wir dürfen auf keinen Fall in die Hütte gehen!«

Doch kaum hatten wir uns ein paar Schritte entfernt, kamen die Hunde durch die Hüttenwand herausgesprungen. Sie drängten sich an uns und schoben uns zur Hütte zurück. Bevor wir uns wehren und weglaufen konnte, stellten sie sich auf ihre Hinterbeine.

Aufgerichtet waren sie größer als wir! Fergie und ich wechselten entsetzte Blicke.

Die Hunde tapsten schwerfällig vorwärts, drückten uns ihre großen Vorderpfoten gegen die Brust und schubsten uns rückwärts in die Hütte hinein.

Wir brüllten auf, als wir plötzlich fielen.

Die Hütte hatte keinen Boden!

Wir stürzten abwärts. Wirbelten spiralförmig immer tiefer hinab.

Tiefer und tiefer.

Hinab in ein schwarzes Loch.

Ein tiefes, schwarzes Loch, das kein Ende zu nehmen schien.

25

Ich landete weich auf meinen Füßen. Ich spürte es nicht einmal richtig.

Waren wir in eine Art Brunnen gefallen? Oder in einen Tunnel, der unter der Hütte gegraben war?

Das konnte ich nicht feststellen.

Ich holte tief Luft und sah mich in der pechschwarzen Dunkelheit um. »Fergie – alles in Ordnung mit dir?«, rief ich. Meine Stimme klang kläglich und schrill.

»Ich – ich glaube schon«, antwortete sie nach einigen Sekunden. »Cooper – *sieh mal*!«

Ich wollte gerade antworten, dass es zu dunkel sei, um irgendetwas zu sehen, als ich zwei rote Augenpaare entdeckte, die uns aus der Dunkelheit anfunkelten.

Ich keuchte.

»Rührt euch nicht von der Stelle!«, befahl uns eine flüsternde Stimme.

»Wer bist du?«, brachte ich mit Mühe hervor. »Was willst du?«

»Wieso habt ihr Labradore uns hierher gebracht?«, wollte Fergie wissen.

»Wir sind keine Hunde«, knurrte die Stimme. »Wir sind Menschen.«

»Aber… aber…«, stammelte ich.

»Schweigt!«, befahl die Stimme. »Schweigt, solange ihr euch im Raum der Verwandlung befindet.«

»Im *was*?«, rief ich.

Die roten Augen blitzten auf.

»Vor hunderten von Jahren wurden mein Freund und ich mit einem bösen Fluch belegt«, fuhr die Stimme fort, ohne sich um meine Frage zu kümmern. »Der Fluch zwang uns dazu, diesen Wald als Hunde zu durchstreifen. Als Geisterhunde.«

»Wirklich übel«, murmelte ich. »Aber was wollt ihr jetzt von *uns*?«

Die Hunde kicherten. Es klang mehr nach einem trockenen Husten als nach Lachen.

»Ihr befindet euch im Raum der Verwandlung«, erklärte die Stimme uns. »Seit beinahe hundert Jahren bemühen wir uns nun schon, zwei Menschen hierher zu bekommen. Und jetzt haben wir es endlich geschafft.«

»Und …?«, wollte ich wissen.

»Wir werden mit euch die Plätze tauschen«, sagte die Stimme wie beiläufig.

»Wie bitte?«, schrie Fergie. »Ihr werdet *was*?«

»Wir werden eure Plätze einnehmen«, wiederholte die Stimme. »Und ihr übernehmt unsere. Ihr werdet die Geisterhunde sein und für alle Zeiten durch diesen Wald streunen, so wie wir das getan haben!«

»Niemals!«, schrie ich und wollte davonrennen.

Aber wohin?

Ich war ringsum von finsterster Schwärze umgeben.

»Fergie …«, setzte ich an.

Da hörte ich sie aufkeuchen. Und gleich darauf wurde mir seltsam warm. So als hätte mich jemand mit einer schweren Decke zugedeckt.

Die Wärme erfasste meinen ganzen Körper.

Mir wurde heiß. Kochend heiß. Wie in einem Ofen.

Es wurde noch wärmer. Bis mir Schweiß übers Gesicht lief und ich vor Hitze japste.

Das halte ich nicht mehr länger aus!, dachte ich. Ich werde *schmelzen*!

Ich öffnete den Mund, um zu schreien. Aber der Laut, der sich meiner Kehle entrang, klang nicht wie ich.

Er klang noch nicht einmal menschlich.

26

Ich öffnete die Augen und sah hellen Sonnenschein.

Der Wald um mich herum wirkte verschwommen. Ich bemühte mich, die Augen scharf zu stellen.

Ich gähnte, dann dehnte und reckte ich mich am ganzen Körper und schüttelte mich wach.

Ja! Es tat gut, mich so zu strecken! Ich schnupperte in die Luft und schüttelte mich noch einmal. Wow!

Irgendetwas roch köstlich.

Mein Magen knurrte. Plötzlich stellte ich fest, dass ich am Verhungern war.

Während ich mich noch bemühte, schärfer zu sehen, machte ich zwei Schritte und plumpste auf die Nase.

Ich fühlte mich wacklig auf den Beinen, als ich wieder aufstand. Was ist denn nur los?, fragte ich mich.

Ich schaute mich im Wald um. Wieso waren die Bäume plötzlich alle schwarz-weiß? Und warum war der Himmel grau? Und das Gras ebenfalls?

Was war mit den Farben geschehen?

War das ein Traum?

Hinter mir hörte ich ein krächzendes Geräusch, so als ob sich jemand räusperte.

Ich drehte mich um – und sah einen schwarzen Labrador.

Ich setzte zu einem Schrei an, doch aus meiner Kehle kam nur ein heiseres Bellen.

Verdattert schaute ich an meinem Körper hinunter. Meinem eigenen fellbedeckten Körper. »Ohhhh!« Ich krallte die Vorderpfoten in die Erde und schüttelte mich heftig. Ich versuchte, den Hundekörper abzuschütteln. Versuchte ihn abzuschütteln, damit ich meinen richtigen Körper sehen konnte. Coopers Körper.

Während ich mich noch schüttelte, drehte ich den Kopf nach hinten. Und sah einen langen schwarzen Schwanz!

Meinen Schwanz!

Ich jaulte entgeistert auf. Ich bin tatsächlich ein Hund!, dämmerte es mir. Die Geister im Raum der Verwandlung haben nicht gescherzt. Sie haben die Körper mit uns getauscht. Fergie und ich sind jetzt Hunde.

Fergie winselte.

Zitternd und den Schwanz zwischen die Beine geklemmt, trotteten wir beide los. Fergies Winseln verwandelte sich in ein jämmerliches Heulen.

Huch, was war das? Seltsam! Ich hätte schwören können, Fergie hätte etwas gesagt.

»Ich habe etwas gesagt«, erklärte sie mit Nachdruck. »Na ja, genau genommen habe ich etwas *gedacht*. Ich glaube, wir können gegenseitig unsere Gedanken lesen, Cooper.«

Okay, Fergie, was denke ich denn dann jetzt?

»Du denkst an die Reste der gebratenen Leber, die gestern Abend übrig geblieben sind und die deine Mom in den Kühlschrank gestellt hat«, dachte Fergie.

Das stimmte! Wir konnten beide die Gedanken des anderen lesen! Cool!

Ich leckte mir ein paar Mal über die Lippen, während ich an die Leber dachte. Ich mag Leber so gerne, dass Mom einmal die Woche welche brät. Mann, wie gerne hätte ich jetzt die Reste der Leber gegessen!

Doch dann fiel mir ein, dass es im Moment wichtigere Dinge gab, an die ich denken musste.

»Fergie, was machen wir jetzt? Wir sind Hunde!«

»Das sehe ich selber, Cooper«, antwortete sie, während sie eine Fliege verscheuchte, die hinter ihrem schlabbrigen schwarzen Ohr saß.

»Wir müssen dringend etwas unternehmen!«, schrie ich. »Wir können nicht ewig nur so herumspazieren. Die Geister haben unsere Körper gestohlen! Und wahrscheinlich halten sie in dieser Minute gerade meine Eltern zum Narren!«

Fergie antwortete nicht. Stattdessen rannte sie im Kreis herum und jagte ihrem eigenen Schwanz hinterher. »He! Das macht Spaß!«

»Fergie! Hör auf herumzukaspern! Wir stecken tief im Schlamassel!«

»Schon gut, schon gut! Tut mir Leid! Ich bin wegen der Geschichte auch ganz schön aus dem Häuschen, weißt du!«

Fergie ließ sich auf die Erde fallen und vergrub die Schnauze zwischen den Vorderpfoten. Sie versank in tiefe Gedanken. »Weißt du was, Cooper?«

»Was?«, fragte ich, während ich auf und ab lief und überlegte, wie wir aus dieser Bescherung wieder herauskamen.

»Deine Segelohren sehen wirklich ziemlich gut aus – jetzt, wo du ein Hund bist.«

»Fergie! Sei gefälligst mal ernst!«, knurrte ich.

Da kam mir die Idee.

»Ich habs!«, schrie ich. »Ich weiß, was wir tun können. Wir müssen die beiden Geister zu der Hütte schleppen und noch einmal die Körper mit ihnen tauschen!«

»Aber klar, Cooper. Kein Problem«, bellte Fergie. »Und wie sollen wir das anstellen? Einfach zu ihnen hingehen und sagen: ›Ähm, Entschuldigung, würdet ihr bitte mit uns zur Hütte zurückkommen? Es dauert auch nur eine Sekunde.‹«

Ich starrte Fergie an. Sie war zwar ein Hund geworden, aber ihre Persönlichkeit hatte sich kein bisschen verändert!

»Das habe ich gehört«, murmelte sie.

Ich seufzte. »Nun, hast du einen besseren Plan?«, fragte ich und kratzte mich aufgebracht am Hals.

»Ich denke nach und denke nach«, antwortete Fergie gähnend. »Ich bin nur so schrecklich müde. Vielleicht nach einem Nickerchen ...«

»Nein! Kein Nickerchen! Wir müssen etwas tun – und zwar sofort! Hör mir zu. Wir holen meine Eltern zu Hilfe. Alles was wir tun müssen ist, sie davon zu überzeugen, dass ich der echte Cooper bin und du die echte Margaret und dass die Kinder in ihrem Haus Betrüger sind.«

»Und wie stellen wir das an?«, fragte Fergie.

Gute Frage. Eine wirklich gute Frage.

27

Fergie und ich trotteten durch den Wald. Beim Laufen schnüffelte ich am Boden und beschnupperte die Pflanzen. So viele tolle Gerüche!

Am Waldrand hinter meinem Haus blieben wir stehen. Ich hörte lachende und rufende Stimmen. Dann sah ich meine Eltern. Sie spielten mit Fergie und Cooper im Garten hinter dem Haus Frisbee!

Mit diesen Schwindlern!

Ich knurrte vor Wut und fletschte die Zähne. Bereitete mich darauf vor, sie anzufallen.

»Nein!«, rief Fergie. »Cooper, warte! Du kannst nicht einfach da rüberstürmen und sie angreifen!«

Fergie hatte Recht. Das würde die Sache auch nicht besser machen.

Ich sah zu, wie mein Dad die Frisbeescheibe quer durch den Garten segeln ließ. Plötzlich spürte ich den inneren Drang aufzuspringen und das Frisbee zu fangen.

Aber ich hielt mich zurück. Jetzt war nicht der richtige Moment zum Spielen.

Dann kam mir eine Idee. Eine großartige Idee. Die Idee meines Lebens.

»Komm mit!«, drängte ich Fergie und sprang in großen Sätzen zur Seitenfront des Hauses.

»Cooper, wo läufst du hin?«, fragte sie.

Ich antwortete nicht. An der Stelle der Hauswand, hinter der Mickeys Zimmer lag, blieb ich stehen. »Es wird nur eine Sekunde dauern«, erklärte ich Fergie.

Sie las meine Gedanken. Ihr war klar, was ich vorhatte.

Seite an Seite sprangen wir durch die Hauswand hindurch – und platzten mitten in Mickeys Zimmer hinein.

Er stand gerade in Unterhosen über seine Kommode gebeugt und wühlte seine T-Shirts durch. Er schrie auf und fuhr herum, als Fergie und ich zu knurren begannen.

Mein Bruder stieß ein kurzes, verängstigtes Wimmern aus und wich zurück, die Augen vor Entsetzten weit aufgerissen.

Fergie und ich bellten und stellten uns auf die Hinterbeine.

»Wie … wie seid ihr …?«, stammelte Mickey erstickt.

Das waren die einzigen Worte, die er hervorbrachte.

Dann wimmerte er noch einmal, stolperte an uns vorbei und rannte wie der Blitz durch die Zimmertür hinaus. »Mommy! Daddy! Hilfe!«, hörte ich ihn brüllen. »Mommy! Daddy!«

Fergie und ich wollten den Anblick nicht verpassen, wie er in Unterhosen durch den Garten lief. Also trotteten wir durch die Wand hindurch und sahen ihm nach, bis er um die Ecke verschwand, in Richtung Garage.

»Hast du sein Gesicht gesehen?«, jaulte ich fröhlich. »War das nicht herrlich?!«

»Mann, das war umwerfend!«, jubelte Fergie.

»He, ihr zwei!«, rief eine strenge Stimme.

Ich drehte mich um.

Dad!

»Wie seid ihr überhaupt in den Garten gekommen?«, wollte mein Vater grimmig wissen. »Los, raus mit euch! Raus!«

»Warte, Dad! Ich bin's, Cooper!«, versuchte ich zu schreien. Doch alles, was ich herausbrachte war: *Wuff! Wuff! Wuff!*

»Raus mit euch! Los!«, wiederholte Dad zornig.

»Dad! Warte! Ich bin's, wirklich! Hör mir zu! Du musst mir zuhören!«

Wuff! Wuff! Wuff, wuff, wuff! Wuff, wuff, wuff! Wuff, wuff, wuff, wuff!

Mein Vater bewaffnete sich mit einem Besen und fuchtelte wütend vor Fergie und mir damit herum. »Raus!«, schrie er und drohte uns mit dem Besen.

»Was ist denn hier los?«, rief Mom zur Tür heraus.

»Mom! Ich bin's, Cooper!«, bellte ich aufgebracht.

»Oh, Sam! Bitte verscheuche diese Tiere! Du weißt doch, dass ich gegen Hunde allergisch bin!«

»Aber, Mom!«, schrie ich. »Siehst du denn nicht, dass ich es bin?«

Wuff, wuff! Wuff, wuff, wuff, wuff, wuff, wuff, wuff!

»Bitte, Sam! Ruf den städtischen Hundezwinger an! Die Hunde sehen gefährlich aus. Vielleicht müssen sie eingeschläfert werden! Ruf den Zwinger an. Die Leute dort wissen, was zu tun ist.«

Voller Entsetzen sah ich, wie Dad den Telefonhörer abnahm und wählte.

28

Fergie und ich sausten so schnell wir nur konnten in den Wald zurück. Sogar als Hund rannte Fergie schneller als ich.

Wir versteckten uns zwischen den Bäumen und beobachteten von dort aus, wie meine Eltern, der falsche Cooper und die falsche Fergie weiter Frisbee spielten.

Die Leute vom städtischen Hundezwinger tauchten nicht auf. Trotzdem sah die Sache noch immer ziemlich übel für uns aus. Meine Eltern hielten uns für streunende Hunde. Und ich konnte ihnen nicht klarmachen, wer ich wirklich war.

Alles, was ich tun konnte, war bellen.

He, einen Moment mal! Vielleicht konnte ich doch mehr als nur bellen.

»Fergie, ich habe eine neue Idee!«, sagte ich und wedelte mit dem Schwanz. »Komm mit!«

Fergie und ich schlichen uns um das Haus herum zur Seitenfront und traten durch die Wand hindurch ins Wohnzimmer. Dort schnüffelte ich überall herum, ich suchte nach einem Stift und einem Stück Papier.

»Ich schreibe ihnen eine Nachricht«, erklärte ich Fergie. »Ganz bestimmt wird Mom meine Handschrift erkennen.«

Auf dem Couchtisch neben einigen Blättern Notizpapier fand ich endlich einen Stift.

Ich versuchte, ihn zu nehmen.

Aber er rutschte mir unter der Pfote weg. Ich konnte ihn nicht greifen.

Fergie versuchte mir zu helfen, indem sie den Stift mit der Schnauze in meine Richtung schob, aber ich konnte ihn trotzdem nicht anheben.

Unmöglich. Hunde können keine Stifte halten.

Ich war schrecklich enttäuscht. Wütend schob ich den Stift zur Seite und riss das Papier in Fetzen. Genau in dem Moment kam mein Vater hereingestürmt.

»He! Ich dachte, ich hätte euch gesagt, ihr sollt verschwinden!«, brüllte mein Vater.

Meine Mutter und die beiden falschen Kinder kamen ins Zimmer gerannt.

Ich bellte laut, versuchte, mich mit Dad zu verständigen. Doch das schien ihn nur noch mehr auf die Palme zu bringen.

»Stell dich auf deine Hinterbeine!«, wies ich Fergie an. »Vielleicht versteht er dann, dass wir ihm etwas sagen wollen!«

Mit Schwung richtete ich mich auf und strengte mich an, das Gleichgewicht zu halten. Doch ich war nicht besonders gut darin. Na ja, entschuldige mal. Schließlich war ich erst seit ein paar Stunden ein Hund.

Ich kippte um und knallte auf den Bauch.

Das muss ziemlich komisch ausgesehen haben, denn alle fingen plötzlich zu lachen an. »Was für sonderbare Hunde!«, sagte der falsche Cooper.

Fergie und ich stellten uns wieder und wieder auf die Hinterbeine, aber niemand verstand, was wir da machten. Und nach einer Weile begann unsere kleine Vorführung sie zu langweilen. Dad schnappte sich wieder den Besen.

Wahrscheinlich hätte ich ihm diesen dämlichen Besen aus der Hand reißen und ihn selbst zu Boden werfen können. Aber was hätte das für einen Sinn gehabt?

Dad scheuchte Fergie und mich zur Hintertür hinaus und zurück in den Wald.

»Du hast Recht«, erklärte ich Fergie, als uns die Bäume sicher verbargen. »Wir werden den Rest unseres Lebens als Hunde verbringen müssen. Und nicht mal als richtige Hunde. Als *Geister*hunde.«

»Mach dir keine Sorgen, Cooper«, entgegnete Fergie, die meine Gedanken las. »Wir werden sie irgendwie davon überzeugen, dass du der richtige Cooper bist und ich die richtige Fergie. Es muss einen Weg geben, ihnen das klarzumachen.«

Ich seufzte und rollte mich auf den Rücken.

Wenn doch bloß Gary und Todd hier wären! Die wüssten, was zu tun wäre.

Ich rollte mich wieder auf den Bauch zurück. Und dann, ganz plötzlich, wurde mir heiß. Brennend heiß. Ich sprang auf alle viere.

»Was ist los?«, rief Fergie. »Was ist passiert?«

Ich bebte vom Kopf bis zum Schwanz. Völlig außer Kontrolle. Ich konnte nicht aufhören zu zittern. Irgendetwas hatte von meinem Körper Besitz ergriffen.

29

»Flöhe!«, kreischte ich.

Es mussten *tausende* sein! Sie hingen überall an meinem Körper! Und ich konnte sie nicht erreichen.

»Mein Rücken!«, schrie ich hilflos. »Mein Rücken!«

Fergie hob eine Vorderpfote und kratzte mich an einer Stelle am Rücken, an die ich selbst nicht herankam.

»Höher«, bettelte ich. »Höher. Aaaaahhhhh, genau da!«

Vor Aufregung hatte ich meine Ohren aufgestellt. Jetzt fielen sie wieder schlaff herab und ich seufzte vor Erleichterung.

Fergie fand unter einer hohen Birke ein hübsches Plätzchen für uns. Ich streckte mich aus und legte das Gesicht auf die Vorderpfoten. Fergie rollte sich zu einer festen Kugel zusammen. Es war Zeit, dass wir uns einen neuen Plan ausdachten.

Und Zeit für ein Nickerchen. Ich konnte kaum glauben, wie müde ich plötzlich war.

Der Tag verstrich langsam. Ich glaube, wir nickten beide ein- oder zweimal ein.

Um die Mittagszeit herum liefen wir zu dem Bach, um kurz hineinzuspringen. Noch immer hingen einige Flöhe an meiner Haut, sie hatten sich festgebissen. Und ich dachte mir, ein kühles Bad würde vielleicht Abhilfe schaffen.

Nach dem Bad kehrten wir zu unserem Platz unter der schattigen Birke zurück. Mittlerweile waren wir beide fast am Verhungern.

»Vielleicht können wir in meinem Haus ein paar Essensreste finden – im Abfall«, schlug ich vor.

»Igitt! Ich esse keinen Abfall!«, heulte Fergie. »Niemals.« Aber ihr war klar, dass uns keine andere Wahl blieb.

Wir kehrten zu meinem Haus zurück und gingen leise auf die Seitentür zu, wo Dad die Mülleimer stehen hatte. Während wir noch auf der Suche nach etwas Essbarem herumschnüffelten, öffneten Mickey und meine Eltern die Hintertür und traten in den Garten hinaus.

»Ich sag's dir doch, Mom!«, schrie Mickey. »Das sind Geisterhunde! Sie sind geradewegs durch die Wand hindurch in mein Zimmer spaziert! Das sind keine normalen Hunde!«

»Heb dir deine Witze für Cooper auf«, schnauzte mein Vater ihn an.

»He, Fergie, vielleicht kann Mickey uns helfen«, meinte ich, während ich meinen Bruder beobachtete. »Er ist der Einzige, der glaubt, dass wir keine normalen Hunde sind. Vielleicht finden wir eine Möglichkeit, ihm klarzumachen, wer wir sind.«

Fergie seufzte. »Aber klar doch«, sagte sie spöttisch. »Und dann? Kannst du dir das Gesicht deiner Eltern vorstellen, wenn Mickey ihnen erzählt, dass die beiden Hunde, die sich um ihr Haus herumtreiben, Cooper und Margaret Ferguson sind?«

Ich ließ den Kopf hängen. Fergie hatte Recht. Auch Mickey würden sie das nie und nimmer glauben.

»Aber irgendetwas *müssen* wir unternehmen!«, sagte ich, während ich mich hinterm Ohr kratzte. »Diese Flöhe machen mich noch wahnsinnig! So kann ich nicht leben!«

»Vielleicht könnten wir dir ein Flohhalsband besorgen«, schlug Fergie vor.

»Klar doch. Ich trabe einfach in die nächste Drogerie, lege fünf Dollar auf die Theke und frage nach einem Flohhalsband. Kein Mensch wird das komisch finden.« Ich verdrehte die Augen.

Fergie fuhr mich an: »Also, dann entschuldige vielmals, Cooper. Ich versuche schließlich nur dir zu helfen!«

Den Rest des Tages verbrachten Fergie und ich damit, uns gegenseitig anzuschnauzen und uns auf die Nerven zu gehen.

Als es auf die Abendessenszeit zuging, knurrte mein Magen laut. Da roch ich plötzlich einen wunderbaren Duft. Ich streckte die Nase in die Luft und sog ihn begierig ein.

Irgendwoher kannte ich den Geruch.

Leber! Die restliche Leber von gestern!

»Komm mit!«, bellte ich Fergie zu. »Ich muss etwas von der Leber abkriegen!«

Wir trotteten zur Hintertür und spähten ins Haus hinein. Meine ganze Familie hatte sich um den Tisch versammelt, um zu essen.

»Du sabberst«, sagte Fergie. »Ekelhaft!«

Als ob mich das jetzt gejuckt hätte!

Ich konnte die Augen nicht von dem Teller mit Leber losreißen, den meine Mom auf den Tisch stellte. Hungrig beobachtete ich, wie sie meinem Vater eine dicke Scheibe davon auf den Teller legte.

Als zweites servierte sie Mickey ein Stück. Mickey wirkte angespannt und nervös. Ich hoffte, dass er noch immer wegen meines kleinen Tricks vom Morgen so durcheinander war.

Dann legte Mom dem angeblichen Cooper ein Stück Leber auf den Teller. Er sprang von seinem Stuhl auf. »Igitt!«, schrie er angewidert. »Ich *hasse* Leber!«

Mom klappte die Kinnlade herunter. »Cooper! Was redest du da? Du liebst Leber!«

Der falsche Cooper begann zu stottern.

»Oh, äh, hab ich gesagt, ich hasse sie? O nein! Ich … ähm … ich hab nur einen Scherz gemacht, Mom. Ich liebe Leber. Das weiß doch jeder!«

Mom schaute ihn misstrauisch an. »Also wirklich, Cooper. Du bist schon den ganzen Tag nicht du selbst!«

Ich riss die Augen auf.

Das war meine Chance!

Das war der perfekte Augenblick, um Mom zu zeigen, dass er *wirklich* nicht er selbst war! Dass er unecht und ein Schwindler war!

»Ich geh rein!«, sagte ich zu Fergie.

Ich schoss durch die Küchentür hinein und steuerte geradewegs auf den Teller mit der Leber zu. Ich werde Mom zeigen, wer der echte Cooper ist, dachte ich aufgeregt. Der Cooper, der Leber liebt. Ihr wird sofort klar sein, dass ich es bin!

Dieses Mal *musste* es funktionieren.

Das ist unsere letzte Chance, dachte ich. Unsere einzige Chance.

30

Aufgeregt hechelnd, rannte ich in die Küche und sprang am Tisch hoch.

Mom schrie und ließ den Teller mit Leber zu Boden fallen.

Wie der Blitz bückte ich mich und verschlang gierig das Fleisch. Lecker!

»Siehst du, Mom? Ich bin's! Dein Sohn, Cooper!«, jaulte ich zwischen den Bissen.

»Sam! Tu was! Dieses Tier frisst unser Abendessen!«

Was? Tier? »Nein, Mom! Ich bin's! Dein Sohn! Sieh nur, ich liebe Leber!«

Aber es nützte nichts.

Alles, was Mom hörte, war: *Wuff, wuff! Wuff, wuff! Wuff, wuff! Wuff, wuff, wuff, wuff, wuff!*

Dad schob seinen Stuhl vom Tisch zurück und schnappte sich eine Zeitung von der Anrichte. Er rollte sie zusammen, dann klatschte er sie mir auf die Nase.

Au!

Das tat weh!

»Ich probier mal, ob die Leitung des Hundezwingers noch immer besetzt ist«, sagte Mom und hob den Telefonhörer ab. »Versuch du doch, die Hunde in die Speisekammer zu treiben, und sperr die Tür zu. Wir halten sie darin fest, bis die Leute vom Zwinger kommen und sie abholen.«

Der falsche Cooper und die falsche Margaret halfen Dad dabei, uns in die Speisekammer zu drängen. »Böse Hunde! Böse Hunde!«, rief die falsche Margaret.

»Dad, meinst du, dass die Leute vom Hundezwinger

eine Betäubungspistole mitbringen?«, fragte der falsche Cooper.

»Mag sein«, antwortete Dad.

Ich warf Fergie einen Blick zu.

Betäubungspistole? Nein, danke!

Noch nie im Leben war ich so schnell gerannt. Ich rannte sogar schneller als Fergie.

»Hast du noch mehr so geniale Ideen auf Lager, Flohbeutel?«, fragte sie, als wir im Wald angekommen waren.

Ich knurrte sie an und wandte mich von ihr ab. Die Sonne versank hinter den Bäumen. Die Luft war kühl. Bald würde es dunkel sein.

»Und danke dafür, dass du mir was von der Leber übrig gelassen hast!«, kläffte Fergie. »Ich bin nämlich auch hungrig, weißt du!«

Ich kümmerte mich nicht um sie.

Ich starrte sehnsüchtig zwischen den Bäumen hindurch auf mein Zuhause. Durch das Küchenfenster sah ich, wie Mom und Dad den Abwasch erledigten.

Ich konnte nichts dagegen tun, ich fühlte mich elend. Ich wimmerte leise vor mich hin.

Wenn ich jetzt doch nur in meinem warmen, gemütlichen Zuhause sein könnte! Nicht mehr lange und es würde dunkel sein. Ich hatte keine Lust, die Nacht im Wald zu verbringen.

Denk nach, Cooper! Denk nach!, drängte ich mich. Es musste eine Möglichkeit geben, unsere menschlichen Körper wiederzubekommen.

»Oh! Einen Moment mal!«, schrie ich. »Gerade fällt mir etwas ein!«

Fergie erwachte aus einem Nickerchen. »Was?«, fragte sie mich träge.

»Wir sind Hunde, richtig?«

»Stimmt.«

»Also sollten wir uns auch wie Hunde benehmen!«

Fergie kniff die Augen zusammen. »Cooper, wovon redest du?«

Ich holte tief Luft. »Okay, hör zu«, sagte ich zu ihr. »Erinnerst du dich noch daran, wie diese Geisterhunde uns zu der Hütte gebracht haben?«

Fergie nickte.

»Genau das sollten wir auch tun! Wir sollten die falschen Kinder auf die gleiche Weise dorthin schleppen, wie sie es mit uns gemacht haben! So würden es Hunde tun!«

Fergie hob den Kopf und stellte die Ohren auf. »Nicht übel. Ganz und gar nicht übel!«

»Wir sind Hunde«, fuhr ich fort. »Wir haben scharfe Zähne, stimmt's? Sehr scharfe Zähne. Wir zerren die beiden in den Wald und in den Raum der Verwandlung – und bevor du dich versiehst, sind wir wieder Cooper und Fergie!«

Fergie sprang auf und ab, hechelte aufgeregt und wedelte mit dem Schwanz. »Ausgezeichnet!«, rief sie.

»Gut, hier ist mein Plan.« Mit der Pfote zeichnete ich ein Bild auf die Erde. »Die beiden Schwindler sind hier, im Wohnzimmer. Wir gehen durch die Wand hindurch und zerren sie zur Küchentür hinaus. Falls Mom und Dad uns folgen, ist das kein Problem. Die können wir abhängen.«

»Ich bin bereit. Es kann sofort losgehen!«, rief Fergie aufgeregt.

Wir trabten zum Haus und schoben uns wie geplant durch die Wand hindurch.

Drinnen guckten Cooper und Fergie den Musikkanal MTV im Fernsehen. Als wir durch die Wand hereingeplatzt kamen, überraschten wir sie völlig.

»Mom!«, schrie der unechte Cooper aus Leibeskräften. »Dad! Hilfe! Die Hunde sind wieder hier!«

Fergie und ich rückten näher und knurrten so böse, wie wir nur konnten.

Gerade als ich den falschen Cooper mit den Zähnen am Knöchel packte, kamen meine Eltern und Mickey ins Zimmer gestürmt. Ich bedeutete Fergie, trotzdem weiterzumachen. Wie der Blitz sprang sie die falsche Fergie an und packte mit dem Maul ihr Handgelenk.

Dann zogen wir los.

»Mom! Dad! Hilfe!«, brüllte der falsche Cooper.

»Mr Holmes!«, schrie die falsche Fergie. »Tun Sie was! Die greifen uns an!«

Mom rannte los, um den Besen zu holen. Doch bevor Dad in die Gänge kam, hatten Fergie und ich die beiden Betrüger bereits durch die Küche gezerrt.

Während ich den falschen Cooper vorwärts zog, erhaschte ich einen Blick auf Mickey. Er hatte sich in eine Ecke verdrückt und zitterte am ganzen Körper.

Zu schade, dass ich keine Zeit hatte, diesen Anblick zu genießen.

Nun waren wir draußen angelangt. Alles schien perfekt zu laufen. In null Komma nichts würden Fergie und ich wieder ganz normal sein.

Den unechten Kindern war klar, wohin wir sie brachten. Aber es gab nichts, was sie dagegen hätten tun können. Fergie und ich waren zu kräftig und zu wild entschlossen.

»Dad! Hilfe!«, schrie der falsche Cooper noch einmal.

»Macht euch keine Sorgen!«, rief Dad ihm zu. »Es sieht ganz so aus, als ob euch die Hunde nichts tun wollen! Ich denke, sie möchten nur, dass ihr ihnen folgt!«

Aber hallo, Dad!

Kurze Zeit später entdeckte ich die Lichtung, auf der die alte Hütte stand. Jetzt dauert es nicht mehr lange!, dachte ich glücklich. In wenigen Minuten würden Fergie und ich mit meinen Eltern, die uns gefolgt waren, nach Hause gehen. Auf zwei Beinen. Keine Flöhe mehr. Kein Essen aus der Mülltonne mehr. Ich konnte es kaum erwarten!

Die um sich schlagenden Schwindler versuchten ein letztes Mal auszureißen, aber Fergie und ich hielten sie unerbittlich fest, als ob es um Tod oder Leben ginge. Wir zogen sie mit all unseren Hundekräften vorwärts. Und dann waren wir endlich da. An der alten Hütte. Wir drängten die falschen Kinder zur Tür.

Für einen Augenblick ließ ich den unechten Cooper los. Ich hatte keine andere Wahl. Ich musste mich wegen eines Flohs kratzen.

Der falsche Cooper versuchte sofort, sich aus dem Staub zu machen.

»Cooper! Er haut ab!«, bellte Fergie.

»Kommt nicht in die Tüte!«, bellte ich zurück. Ich hetzte hinter ihm her und packte ihn mit den Zähnen am Hemd. Dann zerrte ich ihn zur Hütte zurück.

Die falsche Fergie brüllte aus Leibeskräften. »Nein! Nein! Nicht wieder da rein!«

Ich funkelte sie von unten an. »Warte noch einen Augenblick, Margaret«, hörte ich Mom rufen. »Hab keine Angst. Lass uns sehen, was uns die Hunde zeigen wollen.«

Es war höchste Zeit. Höchste Zeit, die Verwandlung vorzunehmen.

»Jetzt!«, jaulte ich.

Fergie und ich sprangen an den falschen Kindern hoch und stießen sie rückwärts in die Hütte hinein. Dann folgten wir ihnen mit einem Satz.

Wir fielen alle vier abwärts, tiefer und tiefer. Hinab in völlige Dunkelheit.

Wie damals wurde mir schwindelig und warm. So als hätte jemand eine dicke Decke über mich gebreitet.

Ich konnte fühlen, wie ich mich veränderte. Wie ich mich in der Dunkelheit und der glühenden Hitze verwandelte.

Ich schaute nach oben. Ein glühender Schatten ragte über mir auf. Ein Schatten mit winzigen roten Augen.

Ich schauderte und begann am ganzen Körper zu zittern.

Und auf einmal war ich mir sicher. Irgendetwas stimmte nicht.

»Fergie!«, rief ich in heiserem Flüsterton. »Es funktioniert nicht! Etwas stimmt nicht! Etwas ist schief gegangen! Etwas ist fürchterlich schief gegangen!«

31

»Cooper!«, schrie meine Mom glücklich, während sie mit ausgestreckten Armen auf die Hütte zulief. »Alles in Ordnung mit dir?«

»Margaret, was ist da drinnen passiert?«, rief Dad. »Und was ist mit den Hunden geschehen?«

»Uns geht's gut«, murmelte Margaret. »Die Hütte ist leer, es war nichts drin.«

»Sobald wir zu Hause sind, rufe ich noch einmal beim Hundezwinger an«, erklärte Mom. »Die Hunde sollten nicht frei herumstreunen. Sie sind gefährlich!«

»Lasst uns jetzt schnell von hier verschwinden, ja, Dad?«, sagte Cooper.

Fergie nickte zustimmend. »Uns geht's bestens. Lasst uns nach Hause gehen.«

»Was für ein Abenteuer!«, seufzte Mom.

»Zumindest ist es in unserem neuen Zuhause nicht langweilig«, setzte Dad hinzu.

»Soviel ist sicher«, gab Cooper ihm Recht.

»Was ist passiert?«, fragte ich und rieb mir die Augen.

Ich sah, wie sich meine Eltern, den Arm um die beiden Kinder gelegt, von der Hütte entfernten.

»He! Diese Kinder!«, schrie ich. »Das sind nicht wir!«

Die Tür der Hütte öffnete sich und zwei schwarze Labradorhunde stolperten benommen heraus. Sie wechselten einen Blick, dann rannten sie davon und bellten wie verrückt.

Was ist mit denen los?, wunderte ich mich.

Ich sah ihnen hinterher, wie sie zwischen den Bäumen verschwanden.

Was ist denn jetzt los?, fragte ich mich völlig verwirrt.

Ich bin kein Kind – aber ein Hund bin ich auch nicht!

»He, Fergie? Fergie?«

Wo steckte sie bloß?

Als sie kurz darauf neben mir auftauchte, keuchten wir beide überrascht auf.

»O nein! Bitte – nein! Nein! Nein! Neeiin!«

Sie legte ihren Kopf schief und ihre kleine braune Nase zuckte wie wild.

»Sag mir bitte, dass das nicht *wahr* ist!«, flehte ich sie an. »Bitte, Fergie – sag mir, dass wir keine …«

»Doch«, quiekte Fergie. »Wir … wir sind *Backenhörnchen*!«

Verblüfft quiekten und plapperten wir durcheinander.

Fergie sah an ihrem pelzigen kleinen Körper hinab. »Wie ist das passiert, Cooper? Wie ist das nur passiert?«

»Der Wald steckt voller Backenhörnchen«, seufzte ich.

»Zwei davon müssen wohl in den Raum der Verwandlung spaziert sein, gerade als wir …«

»Wir haben mit den Backenhörnchen die Körper getauscht – und nicht mit den Kindern!«, schrie Fergie und schlug mit ihrem buschigen Schwanz erregt auf die Erde.

Ich sah mir meine kleinen schwarzen Pfötchen an und bewegte meine winzigen Finger. Ich ließ meine Knopfnase zucken.

Süß. Ich war so süß!

»Was nun?«, heulte Fergie. »Was machen wir jetzt?«

»Ähm … nach Eicheln suchen?«, schlug ich vor.

Fergie blinzelte mich mit ihren winzigen Knopfaugen an. »Wie bitte?«

»Lass uns nach Eicheln suchen!«, sagte ich. »Ich sterbe vor Hunger!«

Gänsehaut™ von R. L. Stine

Alle Bücher ...

1. Der Spiegel des Schreckens
OMNIBUS 20149

2. Willkommen im Haus der Toten
OMNIBUS 20150

3. Das unheimliche Labor
OMNIBUS 20151

4. Es wächst und wächst und wächst ...
OMNIBUS 20152

5. Der Fluch des Mumiengrabs
OMNIBUS 20153

6. Der Geist von nebenan
OMNIBUS 20236

7. Es summt und brummt – und sticht!
OMNIBUS 20308

8. Die Puppe mit dem starren Blick
OMNIBUS 20262

9. Nachts, wenn alles schläft ...
OMNIBUS 20263

10. Der Gruselzauberer
OMNIBUS 20355

11. Die unheimliche Kuckucksuhr
OMNIBUS 20356

12. Die Nacht im Turm der Schrecken
OMNIBUS 20023

13. Meister der Mutanten
OMNIBUS 20396

14. Die Geistermaske
OMNIBUS 20397

15. Die unheimliche Kamera
OMNIBUS 20398

16. ... und der Schneemensch geht um
OMNIBUS 20399

17. Der Schrecken, der aus der Tiefe kam
OMNIBUS 20417

18. Endstation Gruseln
OMNIBUS 20418

19. Die Rache der Gartenzwerge
OMNIBUS 20419

20. Der Geisterhund
OMNIBUS 20432

21. Die Wut der unheimlichen Puppe
OMNIBUS 20463

22. Mein haarigstes Abenteuer
OMNIBUS 20464

23. Gib Acht, die Mumie erwacht
OMNIBUS 20465

24. Wer die Geistermaske trägt
OMNIBUS 20460

25. Der Werwolf aus den Fiebersümpfen
OMNIBUS 20461

26. Die unheimliche Puppe kehrt zurück
OMNIBUS 20462

27. Es wächst weiter
OMNIBUS 20537

28. Der Kopf mit den glühenden Augen
OMNIBUS 20538

29. Hühnerzauber
OMNIBUS 20539

30. Wenn das Morgengrauen kommt
OMNIBUS 20540

31. Ich kann fliegen!
OMNIBUS 20562

32. Mein unsichtbarer Freund
OMNIBUS 20593

33. Der Schreckensfisch
OMNIBUS 20596

34. Die Geisterschule
OMNIBUS 20598

35. Das verwunschene Wolfsfell
OMNIBUS 20604

36. Um Mitternacht, wenn die Vogelscheuche erwacht
OMNIBUS 20655

37. Der Vampir aus der Flasche
OMNIBUS 20657

38. Der Schneemann geht um
OMNIBUS 20659

39. Die Geisterhöhle
OMNIBUS 20694

40. Panikpark
OMNIBUS 20695

41. Bei Anruf Monster
OMNIBUS 20696

42. Die Monster vom Fluss
OMNIBUS 20697

43. Fünf x Ich
OMNIBUS 20711

44. Rache ist ...
OMNIBUS 20719

45. Spürst du die Angst?
OMNIBUS 20722

46. Der Ring des Bösen
OMNIBUS 20728

47. Der Werwolf ist unter uns
OMNIBUS 20458

48. Das Versteck der Mumie
OMNIBUS 20732

49. Bitte lächeln!
OMNIBUS 20923

50. Das Geisterauto
OMNIBUS 20926

51. Der Geist ohne Kopf
OMNIBUS 20930

52. Das Geisterpiano
OMNIBUS 20932

53. Es atmet
OMNIBUS 20937

54. Fürchte dich sehr!
OMNIBUS 20941

55. Der Geist im Spiegel
OMNIBUS 20968

56. Das Biest kommt in der Nacht
OMNIBUS 20982

57. Das Phantom in der Aula
OMNIBUS 20336

58. Das Sumpfmonster
OMNIBUS 21135

59. Vollmondfieber
OMNIBUS 21140

60. Die Nacht der glühenden Kürbisse
OMNIBUS 21143